Für meinen Ehemann,
der mein Held ist.

Bibliografische Information der Deutschen Nationalbibliothek:
Die Deutsche Nationalbibliothek verzeichnet diese Publikation in der Deutschen
Nationalbibliografie; detaillierte bibliografische Daten sind im Internet über
http://dnb.d-nb.de abrufbar.

1. Auflage	Juni 2014
© 2014	edition riedenburg
Verlagsanschrift	Anton-Hochmuth-Straße 8, 5020 Salzburg, Österreich
Internet	www.editionriedenburg.at
E-Mail	verlag@editionriedenburg.at
Lektorat	Dr. Heike Wolter, Regensburg
Bildnachweis	Cover Vorderseite: © StefanieB. – Fotolia.com;
	Cover Rückseite: © Africa Studio – Fotolia.com
	Buchinnenseiten: © dedoma – Fotolia.com
Lied-Zitate	Ich + Ich, „So soll es bleiben", S. 9
	ABBA, „Thank you for the music", S. 59
Lyrik-Nachweis	Gedichte zu Kapitelbeginn © Lothar Lorenz
	Wir danken für die freundliche Abdruckgenehmigung.
Satz und Layout	edition riedenburg
Herstellung	Books on Demand GmbH, Norderstedt

ISBN 978-3-902943-56-9

Hebamme
Anna-Maria Held

Eileiter
schwanger

edition
riedenburg

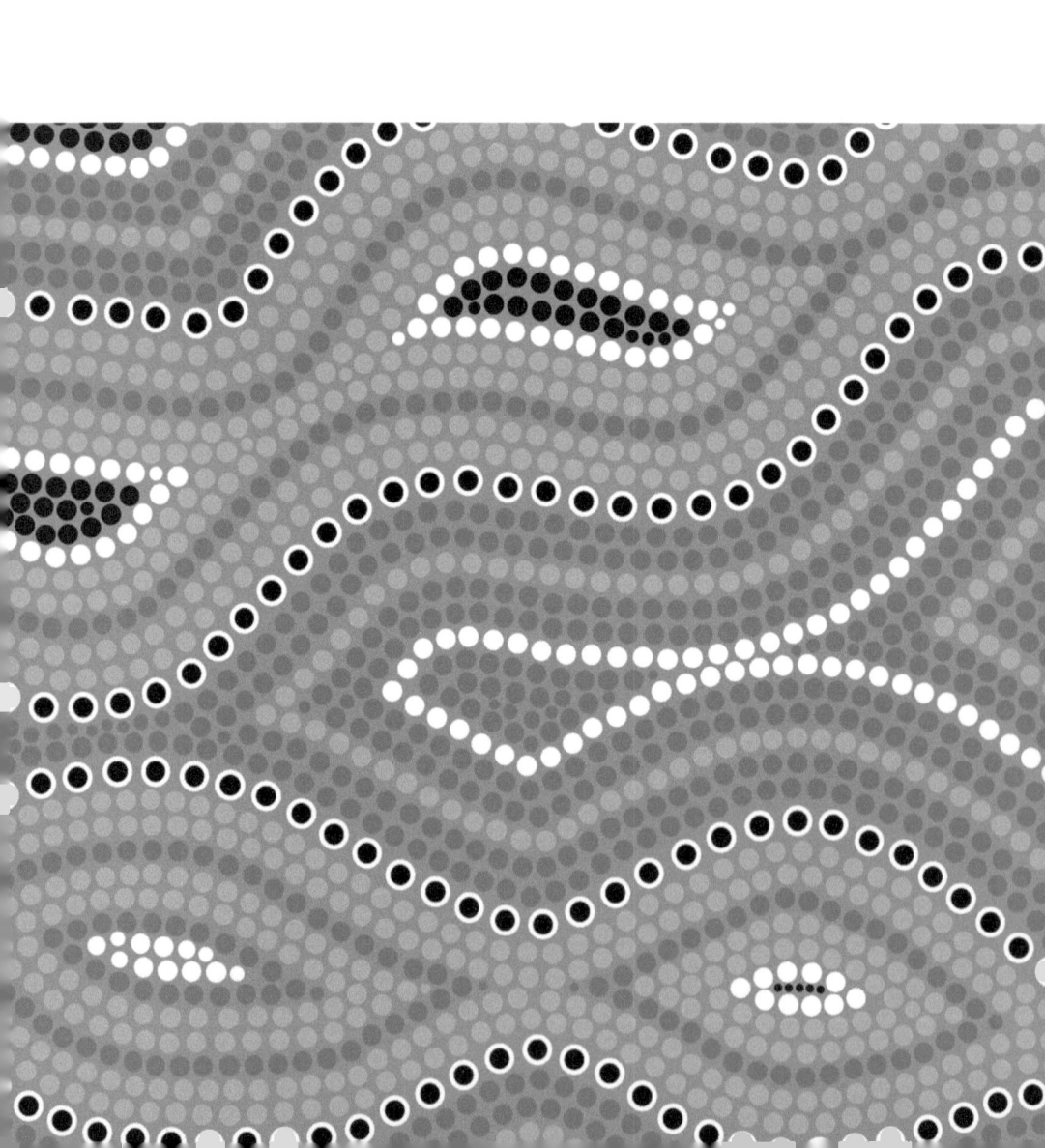

Das gekippte Fenster

Regenbogenwolken

Wie lange noch ...

Lautlos ...
Formten ihre Lippen
Diese Frage ...
Ihr starrer Blick ...
Geradeaus gerichtet ...
Mitten hinein ...
Ins Nirgendwo ...

Sie lauschte ...
Saß auf ihrem fleckigen,
mit Moos bewachsenen ...
rauen Felsen ...
Am Rande des Sees ...
Dessen kaltes Wasser ...
Ihre nackten Füße
Umspielte ...
Und lauschte ...

Doch niemand
Antwortete ihr ...

Nur das Rauschen der
Baumkronen ...
Im Wind ...
Und ...
Das sanfte Plätschern
Des Sees ...
Drangen ...
Wie von einem
Schweren, samtenen
Vorhang gedämpft ...
An ihr Ohr ...

Graue Wolken ...
Der ganze Ozean des
Himmels ...
Bedeckt ...

Und doch ...
Für einen kurzen
Augenblick nur ...
Hob sie ihren Blick ...
Gen Himmel ...

Schloss ihre Augen ...
Schüttelte den Kopf ...
Konnte ...
Wollte ...
Nicht glauben ...
Was sie dort sah ...

Das Grau ...
War einem sanften Lila ...
Gewichen ...
Rosa ...
Orange ...
Gelb ...

Regenbogenwolken ...

Und dahinter ...
Versteckt ...
Das Licht ...

Durch ein paar ...
Wenige Löcher ...
Des vom Wind zerzausten ...
Farbenfrohen
Vorhangs ...
Konnte sie es ...
Durchschimmern
Sehen ...
Das Licht ...
Spürte kurz ...
Seine sanfte, wohlige Wärme ...

Aber ...
Nur kurz ...
Der Moment ...
Schon vorbei ...

Immer dichter rückten sie zusammen ...

Regenbogenwolken ...

Verdeckten den Blick ...
Immer massiver ...
Schien sie ...
Die Barriere ...
Kein Lichtstrahl fiel mehr
Hindurch ...

Sie seufzte leise ...
Ließ mutlos ihre Schultern ...
Sinken ...
Wollte gerade den
Blick ...
Abwenden ...
Aufgeben ...
Niemals würde sich ihr ...
Der Weg ...
Offenbaren ...

Und dann ...
Dann brach ...
Das Licht ...
Sich ...
Seine Bahn ...

„Das Fenster der weiblichen Empfängnis steht immer auf kipp. Immer!", sagte unsere Lehrhebamme an der Hebammenschule.

Und diese Bemerkung reihte ich in die unvergessene Spruchsammlung von ihr ein, in der auch „Eine kranke Brust gehört ins Bett!", „Nichts ist so anfällig wie die männliche Samenzelle!" und „Wenn man sich überlegt, wie komplex die Zellteilung funktionieren muss, damit alles klappt, ist es ein Wunder, dass wir hier alle so zusammen sitzen!" zu finden sind.

Es gibt Sätze, die man gelernt hat, die vergisst man nicht, die kann man immer gut zu bestimmten Gelegenheiten sagen.

Aber auf sich selbst wendet man sie dann irgendwie doch nicht an. Man sieht noch nicht mal den Anlass dazu.

Selbst dann nicht, wenn man noch nicht mal daran vorbeigucken könnte!

Mein Fenster stand nicht auf kipp. Es war zu und abgeschlossen und zugeschraubt. Ja, ich finde, so kann man es sagen.

Mein mir von allen vorausgesagtes Spießerleben war komplett und perfekt. Verheiratet, und das auch nach 12 Jahren noch glücklich, zwei Kinder. Zuerst Alexander, dann Selma. Haus mit Garten, Kombi. Lennert und ich mit Berufen, die uns glücklich machten.

„So soll es sein, so kann es bleiben! So hab ich es mir gewünscht. Alles passt perfekt zusammen, weil endlich alles stimmt und mein Herz gefangen nimmt." Ja, wirklich.

Vor knapp zwei Wochen dachte ich in aller Intensität daran, wie schön jeweils der März vor den Geburten von Alexander und Selma gewesen war. Ich konnte es auf eine magische Art und Weise mit allen Sinnen nachfühlen und war froh darüber. Bei den Wochenbettbesuchen von ganz frisch gebackenen Familien konnte ich die Situation so richtig wohltuend nachempfinden, wie sehr man sich über diesen Neuankömmling freut und dass in verträglichen kleinen Portionen auch andere Familienmitglieder vorbeischauen würden, um das Neugeborene zu begrüßen und willkommen zu heißen und diese zauberhafte Freude mit den Eltern zu teilen.

Es war wie ein wunderschöner Film, den ich gemütlich anschauen und genießen konnte mit dem Wissen: „Ich kann es gut nachfühlen.

Passieren wird es mir nicht wieder." Und es war in Ordnung so. Es war wirklich sehr in Ordnung so.

Bis vor ca. zwei Jahren dachte ich oft daran, dass ich eigentlich noch ein Kind bekommen müsste. Mit dem Wissen aus meiner Hebammenausbildung. Und endlich mal ohne mich so entsetzlich anzustellen. Ich hätte mich sicher genauso angestellt, wenn ich ehrlich bin. Dennoch. Dieses Gefühl blieb eine Weile. Ich fühlte mich ein wenig unvollständig. Komisch, oder?

Ein Gefühl, das mir schon viele Frauen beschrieben haben.

Dieses Gefühl löste sich aber irgendwann in Wohlgefallen auf. Nicht, weil Lennert und ich es mir so erfolgreich und langanhaltend ausgeredet hatten, bis das Gefühl nicht mehr aufmuckte, sondern es war wirklich mein Herz, das es begriffen hatte.

Zwei Mal war alles gut gegangen. Zwei Mal habe ich einem Baby das Leben höchstpersönlich und selbst geschenkt. Drei Jahre Altersunterschied. Das war schon gut so. Selma und Alexander machten uns so viel Freude und irgendwann konnte ich mir auch nicht mehr vorstellen, dass ich es hätte ertragen können, Selma den „Babystatus" abzuerkennen und ihn neu zu vergeben. Das hätte sie mir vermutlich nicht verziehen, auch wenn sie sehr, sehr oft nach einer kleinen Schwester gebettelt hat. Jetzt auch noch.

Zwei Stunden Achterbahnfahrt der verrückt gewordenen Hormone wurden mir letzte Woche beschert. Ich wusste, mit mir stimmte etwas nicht. Und weil mein Fenster ja zu war, dachte ich mir nichts dabei, dass mir immer latent etwas übel war, ich mich nachmittags zwei Stunden schlafen gelegt habe, ich täglich mindestens einmal schrecklich genervt von wirklich allem war.

Dass der „Besuch" einfach nicht kommen wollte, fand ich jedoch komisch. Aber wie gesagt, bei geschlossenem Fenster eine schnell beantwortete Geschichte. Zu den heulenden Talkshow-Teenies KONNTE ich nicht gehören. „Doch äääääächt! Wöööörklisch! Wir verhüten voll und jetzt weiß ich auch nicht, wie DAS passieren konnte."

Ja, bestimmt, ihr kleinen Dummies.

Ich wollte nicht auf die Frage „Eine Schwangerschaft können wir ausschließen?" des Gynäkologen warten. Ich wollte ihm höchstpersönlich mit dieser Erkenntnis zuvorkommen. Ein „Kann ja nicht!" erschien mir als Beweis nicht akzeptabel genug.

Was unser Gästebad mit mir schon erlebt hat. Ehrlich. Eines Tages, in 100 Jahren, wenn dieses Haus mal wem anders gehören wird, werden diese Wände zu den neuen Besitzern sagen: „Gott sei Dank seid ihr jetzt hier. In diesem kleinen Bad ging schon die Post ab mit allem Drama, das ist kaum auszuhalten. Wir hoffen, ihr seid unfruchtbare Rentner!?"

Vor etwas über sieben Jahren zeigte mir ein Schwangerschaftstest anhand eines kleinen blauen Kreuzes an, dass Selma unsere Welt sehr bald deutlich bunter machen würde, als sie schon war. Und das kleine blaue Kreuz zeigte mir gleichzeitig auf, dass ich mich wohl sehr im Datum geirrt und mich verrechnet hatte. Dafür gab's dann kein rotes „f" für „falsch", sondern Selma. Unser kleines Sternschnüppchen.

Sie kam ohne Bestellung. Das war sehr gut so. Und nachdem ich ausgiebig genug „Oh nein, oh nein, oh nein!!!!" gedacht und mich zwei Wochen kräftig geschämt hatte, haben wir uns dann sehr, sehr gefreut.

Diesmal war es kein blaues Kreuz. Sondern ich musste tatsächlich selbst mitdenken und nach einem rosafarbenen Strich schauen. Aber gut. Packungsbeilage zehn Mal durchgelesen, dann verstanden, dann geschaut. Dann geheult. Ich wollte so gern im Kreißsaal arbeiten. Den Vertrag hatte ich ca. eine Woche vorher unterschrieben.

Außerdem: Wo sollte dieses Kind schlafen? Das erste halbe Jahr natürlich in unserem Schlafzimmer, aber dann? Müssten wir unser Arbeitszimmer auflösen? Würde Alexander ein paar Quadratmeter seiner neuen Suite hergeben müssen? Müsste ich mir direkt einen Termin für einen geplanten Kaiserschnitt geben lassen, weil ich jetzt schon wusste, dass ich für eine dritte Geburt auf gar keinen Fall bereit war? Ich konnte Lennert nicht erreichen. Er war in einer Besprechung. Mein Rettungsreifen. Etwas zu weit weg.

Ich musste die Kreißsaalleitung Anja anrufen.

„Hallo Anja!", waren die einzigen tapferen Worte, die ich rausbringen konnte.

„Ich bin schwanger ... Ich komm nicht ... Ist das alles furchtbar ... Anja ... Es tut mir leid ... Das war überhaupt nicht mit Absicht ...“

Heulheulheulheulheul.

„Ach, das hab ich mir schon gedacht!“, freute sie sich.

WAS WAS WAS?!?!?!

„Anna-Maria! Freu dich! Da will einfach noch ein Kind zu euch! Der Kreißsaal ist doch jetzt erstmal egal. Los, freu dich!“

„Ähm. Ja, okay. Nachher.“

Heulheulheul.

Mittwochnachmittag. Natürlich. Wann sonst? Ich schickte dem Chefarzt der Gynäkologie „meines“ Kreißsaals eine Nachricht übers Handy. Denn ein sehr merkwürdiges Gefühl machte sich in mir breit. Und dann machte ich mich auf den Weg.

Lennert hat bis dahin die SMS-Reihe erhalten:

„Ich bin schwanger.“ „Ich fahre in die Klinik.“

Ich wünschte mir für ihn, dass er nicht vom Stuhl fiel.

Maja war da. Ich brauchte Struktur und eine Analyse der Situation. Und Maja besteht aus analytischer Struktur, die lebensrettend ist. Bei ihr lud ich Selma und Alexander ab. Und sie nahm mich bestimmt zwei Minuten am Stück in den Arm. Und das tat mir sehr, sehr gut.

Und dann saß ich im Wartezimmer von Dr. Wagner. Ich klopfte zitternd an die Tür zum Empfang. Kimberly war da.

„Oh, hallo“, flötete sie. „Na? Alles klar?“

„Ähm ja, also ... Ich wollte zu Herrn Dr. Wagner ... Er weiß, dass ich hier bin. Ich warte noch hier ...“, sagte ich.

„Du kannst sonst auch gern in den Kreißsaal und dort ein wenig quatschen.“

Um Gottes willen. Niemals, niemals, niemals.

Ich saß zum ersten Mal als Patientin in diesem Wartezimmer. Und dachte: „Wenn ein kleines Leben durchs geschlossene Fenster geklettert ist, dann hat es verdient, freundlich willkommen geheißen zu werden." Und ich wusste instinktiv …, dass wahrscheinlich doch nichts gut war.

Wie entsetzlich peinlich es war, auf dem Untersuchungsstuhl Platz zu nehmen. Also „Platz nehmen" ist ja auch wirklich das total falsche Wort für so was. Aber nun gut. Sah Dr. Wagner mich eben ein weiteres Mal von meiner unhübschesten Seite.

Vor zehn Jahren zauberte er Alexander hervor.

Dr. Wagner ging sehr behutsam vor, zeigte mir den Ultraschallbildschirm. Ich war errechneterweise in der sechsten Schwangerschaftswoche. Und mein Verdacht bestätigte sich. Da sah nämlich nichts aus wie in der sechsten Schwangerschaftswoche. Und es sah auch nichts nach einer intakten Schwangerschaft aus. Und nach einer Schwangerschaft an der richtigen Stelle sah es ebenfalls nicht aus.

Ein verdickter rechter Eileiter war zu sehen, dort wurde die Schwangerschaft vermutet. Da tat's auch immer weh in der letzten Zeit. Aha. Daher also. Väterlich tätschelte mir Dr. Wagner den Arm. So väterlich wie vor zehn Jahren, als er zu Alexanders Geburt gerufen worden war und gesagt hatte: „Na? Sie leiden ja ziemlich …"

Litt ich jetzt auch? Nein, ich glaube, jetzt litt ich gerade nicht. Es war auch zu viel in zu kurzer Zeit an Emotionen aufeinandergepresst, als dass ich noch hätte leiden können. Von „Oh nein, ich bin schwanger, wie schrecklich!" über „Wir werden auch dieses Kind lieben!" bis hin zu „Doch nicht!" ging das. Da kann man dann erstmal nicht leiden. Sondern muss es erstmal verstehen.

Definitionsgemäß gehörte ich nun zu den Frauen mit einer Fehlgeburt. So war das also.

Ich erinnerte mich in dem Moment an eine Fortbildung zum Thema „Leere Wiege", wie man Eltern nach Fehl- und Totgeburten hilfreich zur Seite stehen konnte.

Eine Frau sagte wohl einmal: „Du, heute geht's echt gut. Ich fühle mich jetzt gerade nicht traurig." Die Hebamme ermahnte uns, bloß nicht zu sagen: „Ja, aber morgen, da wird's kacke." Was aber sehr wohl der Fall sein könnte.

Ich fühlte mich sehr merkwürdig. Sehr, sehr merkwürdig.

Schwanger. Und dann irgendwie doch nicht. Noch nicht mal geplant. Ein kleines Geschenk von oben, und dann doch nicht.

Ich fragte mich, durfte ich traurig sein? Durfte ich das? Durfte ich es wirklich, obwohl wir kein weiteres Kind wollten? Durfte ich es, vor allem wegen der Frauen, die sich sehnlichst ein Kind wünschten und keins bekamen oder Fehlgeburten erlitten? Durfte ich traurig sein? Hatte ich ein Recht dazu?

„Ich fürchte mich vor dem, was kommt", sagte ich Dr. Wagner. „Hormonelle Schwankungen ... Das ist immer schwierig zu ertragen für mich."

„Sie werden das besser schaffen, als Sie denken. Sie haben zwei Kinder, Sie stehen unter keinem Druck. Sie werden es sehen."

Lennert war immer noch nicht erreichbar. Oh je. Was musste er sich alles durchlesen. „Ich habe eine Eileiterschwangerschaft. Morgen OP", gesellte sich als neue Nachricht dazu.

Ich hätte direkt dableiben können und kurzzeitig war ich auch am Überlegen, ob ich das tun sollte. Aber andererseits wäre mir das zu überstürzt gewesen. Mein Eileiter schien noch nicht kurz vorm Platzen zu sein, da hätte das dann anders ausgesehen. Aber so hatte ich die Wahl. Und Dr. Wagner konnte das gut verstehen.

Ich musste doch zumindest noch mal Lennert sehen und mit ihm sprechen. Ich musste ihm dringend eine Frage stellen und ihn dringend um etwas bitten. Ich musste mit ihm einen Plan aufstellen, weil ich mir zumindest theoretisch vorstellen konnte, was die nächsten Tage mit sich bringen würden. Eine sehr anstrengende Ehefrau nämlich, die nichts, nichts, nichts zu ertragen bereit war.

Aufklärungen zur OP am nächsten Tag standen an.

Anästhesiegespräch.

Die für die Situation etwas zu gut gelaunte Anästhesistin hatte nicht verstanden, um was es ging. Sie glaubte an einen gewünschten Abbruch.

„Es wird nur eine sehr kurze Maskennarkose sein. Ist ja nur ein sehr kurzer Eingriff. Eine Ausschabung und dann sind Sie nach zehn Minuten wieder raus aus dem OP."

Ausschabung ... Eine fürchterliche Vorstellung. Meine Erfahrungen aus dem gynäkologischen OP während meiner Ausbildungszeit, vor allem mit dem durchgeknallten, pathologisch narzisstischen Oberarzt waren mir noch sehr präsent.

Ebenso mein Vorhaben, mich niemals, niemals, niemals gynäkologisch operieren zu lassen, was es auch sei.

Ich wusste aber auch, dass eine Eileiterschwangerschaft immer eine Bauchspiegelung zur Folge hat, weil sie erstmal nur der Verdacht auf eine Eileiterschwangerschaft ist und man „suchen" muss, wo sich nun diese Schwangerschaft im Bauch befindet. „Extrauterine Gravidität" heißt es offiziell. Also eine Schwangerschaft außerhalb der Gebärmutter. Und die kann eben überall sein. Bloß in der Gebärmutter nicht.

„Sind Sie sich sicher? Ich habe eine EU ... Das wird laparoskopisch gemacht..." Was musste ich noch ertragen? Was?

Die Anästhesistin hatte launenmäßig wirklich einen für sie erfreulich ausgesprochen guten Tag und prustete noch mal los.

„DA ham'se aber lange hinterm Berg mit gehalten! Also DANN läuft es ja etwas anders."

„Ich weiß, ich bin Hebamme."

Da war das Gepruste erstmal vorbei.

Dann ging es nach oben auf Station.

„Einen Mittelstrahlurin bitte", flötete mir die Krankenschwester entgegen.

Hallo? Ging es noch?

„Muss ich das wirklich ertragen? Ist das dein Ernst? Der Test zu Hause war positiv, er wird es auch hier sein", bekam ich heraus.

„Ja, doch, muss sein."

Gut, dann musste das wohl sein.

Auf dem Rückweg traf ich eine Frau, die ich während ihrer Schwangerschaft und im Wochenbett betreut hatte. Sie hatte Brustkrebs und die OP schon hinter sich.

Man versucht ja irgendwie immer, professionell zu bleiben und insgeheim bat ich: „Frag mich nicht, was ich hier mache. Frag mich nicht, frag mich nicht. Frag mich bitte, bitte bloß nicht ..."

„Und was machst du so hier? Patientenbesuche?"

Mit dem Vorhaben, professionell zu bleiben, ist es immer einfach, solange es nur um das Vorhaben an sich geht. Mit dem Durchziehen ist das dann manchmal so eine Sache.

Zu Hause musste ich erstmal alles organisieren. Und so lange die Hormonlage noch so stabil blieb, musste ich die Zeit gut nutzen. Ich informierte meine Kollegin Gerlinde, die mir alles abnahm. Ich war mir sicher, bereits ein paar Tage später wieder arbeiten gehen zu können. Ich war mir früher aber auch sicher, dass man einmal quer über die Autobahn laufen könne. Wenn man nur schnell genug wäre. Hab ich nie ausprobiert. Und das mit dem Arbeiten würde ich lieber auch nicht ausprobieren.

Dann kam Lennert nach Hause. Und es tat so gut, von ihm in den Arm genommen zu werden. Es tat vor allem sehr gut, dass er es etwas objektiver sehen konnte, so dass es ihm möglich blieb, mir eine Stütze zu sein. Wir konnten es gemeinsam gar nicht wirklich glauben.

Morgens waren wir beide noch zur Arbeit gegangen, ich hatte die Kinder zur Schule gebracht und alles war fein gewesen. Und dann hatte sich bis zum Wiedersehen eine Schwangerschaft ergeben, die zum Scheitern verurteilt war.

Es blieb ein merkwürdiges Gefühl. Und ich musste bestimmt noch 20 Mal an diesem Abend von Lennert wissen: „Wir hätten es gern bekommen, stimmt's? Wir hätten es dennoch gern bekommen und es gut hingekriegt. Ist es so? Es wär zu schaffen gewesen, wir hätten es willkommen geheißen."

Lennert gab mir jedes Mal die gleiche Antwort: „Natürlich. Wir hätten es geschafft. Wir hätten diese Herausforderung gern angenommen. So überraschend sie auch gekommen ist, wir hätten das gemeistert und uns gefreut."

„Bitte, sag niemals so etwas wie 'Wir wollten doch nur zwei Kinder, es ist doch nicht schlimm.'", darum bat ich Lennert nur ein einziges Mal und es war in der Tat unvorstellbar, dass er so etwas auch nur denken würde. Dennoch, ich musste es wissen. Ich musste das Gefühl haben, dass wir auch von diesem kleinen Leben, so kurz es auch war, gemeinsame Eltern waren und sind.

Lennert erzählte mir, dass er eine Woche zuvor schon gedacht habe:

„Anna-Maria ist bestimmt schwanger. Wie machen wir das denn nun am besten ... Gibt Alexander einen Teil seines Zimmers ab? Geben wir unser Arbeitszimmer auf? Irgendwie werden wir das hinbekommen."

Es war der größte Trost, den Lennert mir spenden konnte.

Am nächsten Morgen brachte ich die Kinder zur Schule. Ich wollte, dass zumindest deren Welt völlig normal blieb. Ich packte anschließend meine Kliniktasche, räumte ein wenig auf, zog mir etwas Hübsches an und ging rüber zu Bernadette, bis Lennert mich abholte. So stabil ich da noch war, wusste ich aber, dass es sehr bald nicht mehr so sein würde.

Ich nutzte die Zeit, die kleine restliche Zeit, um das Gefühl dieser Schwangerschaft einmal zu genießen. Ich wollte es mir nicht wegwünschen. Ich wollte nicht, dass alles so schnell wie möglich vorbei geht. Ich wollte auch diesem kleinen Leben freudige Aufmerksamkeit schenken, so komisch es auch klingt.

Lennert brachte mich in die Klinik. Wir hielten uns an den Händen. Und ich musste noch einmal wissen: „Stimmt's? Wir hätten es geschafft, nicht wahr? Wir hätten es gern geschafft, stimmt's?"

„Natürlich, wir hätten alles geschafft!"

Sehr gut. Wir gingen also auf Augenhöhe in die Klinik.

Ich kenne genug Paare, die das nicht können. Sie todtraurig, er gleichgültig. „Wieso? Ist doch nicht schlimm. War ja eh nichts. Wird schon wieder." Oh Gott, wie wäre ich durchgedreht mit so einem

Idioten an meiner Seite. So jemanden würde es überhaupt gar nicht an meiner Seite geben. Niemals!

„Frau Held! Da sind Sie ja endlich!", wurde ich beschwingt begrüßt, denn man wartete schon auf mich.

„Ja, hallo. Hier bin ich ...", sagte ich.

Und dann ging alles recht fix. Ausziehen, alles, alles. Nachthemd an, hässlich, hässlich, hinten offen, furchtbar, furchtbar.

Dann eine Dormicumtablette „mit einer Pfütze Wasser". Okay. Ich wusste schon, dass die einen sehr schnell sehr doof machen würde. Und ich als kontrollfreakige Strukturelse habe da ein sehr großes Problem mit. Ich war versucht, sie fallen zu lassen. Aber die Krankenschwester guckte leider ganz genau hin.

Und dann wurde ich abtransportiert. Lennerts und mein gemeinsamer Weg endete an einer Tür. Ich dachte auf dem Weg zum OP die ganze Zeit an ihn und daran, dass er sich hoffentlich nicht so große Sorgen um mich machen würde.

Hier war ich in den besten Händen. Der Chefarzt, dann Emma, die Fachärztin, und Christoph, der OP-Pfleger. Das war die Crew der Crews. Keiner von ihnen würde ohne Respekt und Achtung an diese Geschichte rangehen. Jeder von ihnen wusste genug über mich, um zu wissen, dass ich daran kaputtgegangen wäre, wenn ich das noch hätte ertragen müssen.

In der OP-Vorbereitung betreute mich Nadin ohne e. Sie legte mir einen Zugang, kleckerte ein wenig mit meinem Blut herum. Und ich wollte noch wach bleiben. Bloß nichts verpassen. Wach bleiben, wach bleiben. Nicht schläfrig werden. Alles mitkriegen bis zur Narkose. Alles, alles, alles.

Christoph kam vorbei, drückte mich einmal kurz. Christoph, der mir in der Hebammenausbildung beigebracht hat, wie man sich steril ankleidet. Noch und noch und noch mal. Hat etwas gedauert mit mir. Christoph mit dem erfrischend trockenen und vor allem schwarzen Humor. Christoph, the OP-Ruler.

Jemand schob mich in meinem Bett in einen weiteren Raum, zur Narkose. Wach bleiben, nicht schläfrig sein. Wach bleiben.

Ich sah eine Mitarbeiterin im OP, sie schien keine OP-Haube anzuhaben bzw. ich sah ihren Zopf.

„Nicht steril", dachte ich.

„Mir ist kalt", flüsterte ich dem Herrn zu, der an meinem Fußende stand.

Wie lange stand er da schon so?

„Wir decken Sie gleich zu", antwortete er.

„Mir ist leider JETZT kalt", sagte ich.

Und da deckte er zumindest meine Füße noch mal ordentlich zu.

Eine Sauerstoffmaske klemmte auf meinem Gesicht. Wie kam die dahin?

„Muss das?", fragte ich, während ich versuchte, sie wegzuwedeln.

„Ja, muss", sagte die freundliche Anästhesistin.

Mir bereitete das Unbehagen. Und ich wedelte weiter, bis nichts mehr auf meinem Gesicht klebte, aber in mein Gesicht hineinströmte. Komisch roch das.

„Ich werde überlistet", dachte ich, während ich hörte, dass man nun die Narkose einleitete und meine Adern sich anfühlten, als würden sie irgendwas tun zwischen Verbrennen und Erfrieren.

„Ich werde konserviert", war mein letzter Gedanke, an den ich mich erinnern kann.

Ich wachte auf und Mareike saß an meinem Bett. Die Hebamme mit Rumsbums und einem weichen Herzen, das sie so ungern zeigt. Sie hielt meine Hand. Das tat so gut und war so tröstlich.

Und ich schlief weiter.

Dann kam ich in den Kreißsaal. Ich wurde in den Raum geschoben, in den alle frischgebackenen Mütter kommen. Ob nach einer Spontangeburt oder nach einem Kaiserschnitt. Hier kamen alle hin, damit man den Kreißsaal, in dem die Entbindung stattgefunden hatte, aufräumen konnte.

Hier hab ich immer alle reingeschoben. Und nun stand bzw. lag ich auf der anderen Seite.

Dr. Wagner nahm mich in den Arm und drückte mir einen Kuss auf die Wange.

Ich glaube, ihm tat das alles ziemlich leid.

Mir ja auch. Sehr.

Es war nicht die rechte Seite. Es war der linke Eileiter, in dem die erdnussgroße Schwangerschaft saß und der entfernt werden musste. Um eine Ausschabung der Gebärmutter bin ich herumgekommen, man musste da nicht lange suchen.

Ich hatte nun wie eine alte Frau einen Wunddrainagebeutel. Wie furchtbar. Der war auch noch an mir festgenäht. Unerträglich der Anblick. Und groß genug mein Gejaule, sodass er dann ein paar Stunden später von Ärztin Emma entfernt wurde.

Dann begann die Heulerei und es heulte von ganz allein.

Ich rief Lennert an, erzählte ihm kurz mit meinem Narkosekopf, was los war. OP fertig, ich wieder wach, linker Eileiter raus, alles doof. Bitte meinen Eltern Bescheid sagen.

Mehr ging nicht.

Und weil ich so am Heulen war, wollte ich auch nicht, dass Lennert mit den Kindern kam. Die hätten das überhaupt nicht verstanden.

Denn wegen „eines Blinddarms" heult man eigentlich nicht.

In der Nacht danach wurden zwei Kinder geboren, ich war rechtzeitig auf die Station gebracht worden, zum Glück auch dort in ein Einzelzimmer. Ich bekam Schmerz- und Schlafmittel, und am nächsten Tag wurde es mit dem Hormonchaos nicht besser.

Dr. Wagner kam mit Emma zur Visite. Ich musste schon wieder heulen.

„Es ist alles gut", sagte er.

Ich sah einfach schlimm aus. Heulerei macht mich nicht schöner. So-was sieht nur im Fernsehen gut aus. In Echt leider überhaupt nicht.

Lennert und die Kinder kamen nachmittags. Das tat sehr gut. Selma schaute sehr aufmerksam an mir rauf und runter, und auch an der Infusion, die ich gerade laufen hatte.

Alexander fragte: „Was genau war denn da nicht in Ordnung?"

„Also, ähm ... der Blinddarm", sagte ich tapfer.

„Was ist ein Blinddarm?", fragte Selma.

„Das ... ist ein GANZ besonderes Organ", erklärte Alexander.

Am nächsten Tag holten Lennert und Selma mich ab. Es ging nach Hause.

Ich freute mich sehr darauf. Eigenes Bett, eigenes Sofa, eigene vier Wände. Schutz der Familie. Ein eigener Eileiter weniger. Und mit einer Lebensuhr, auf der nun drei Schwangerschaften und zwei Kinder standen. Ein merkwürdiges, trauriges Gefühl.

Ich legte mich zu Hause aufs Sofa. Ich konnte und wollte nichts ertragen. Kein Geklingel an der Haustür, kein Klingeln des Telefons.

Keine Fragen.

Ich wollte einfach nur irgendwo da sein und in den Alltag zurück-finden.

Selbst das Öffnen der Post bescherte mir nur Überforderung.

Eine Zahlungserinnerung über 40 Euro. Ich konnte mir nicht vorstellen, mich aufzuraffen und das zu bezahlen.

Und dann der Brief meiner Krankenversicherung, die mir in einem sehr unemotionalen Schreiben mitteilte, dass sie die 400 Euro für die Vollnarkose, die zur Entfernung meiner beiden restlichen Weisheitszähne nötig war, nicht bezahlen werden.

„Rechnungsbetrag 400 Euro, Ablehnungsbetrag 400 Euro, Auszahlungsbetrag 0,00 Euro".

Wie konnte sich diese Welt weiterdrehen, während meine kleine gerade stehengeblieben war? Es war mir unbegreiflich. Und selbst der Schritt nach draußen zum Briefkasten fühlte sich an, als hätte man mir mit einem Ruck ein schützendes Pflaster vom Körper abgerissen.

„Wenn mich hier jetzt jemand sieht und mich anspricht, falle ich tot um. Auf der Stelle."

Da war ich mir sehr sicher. Es sah mich aber keiner und es sprach mich auch keiner an.

Da war ich froh und ging schnell wieder rein.

Ich konnte nicht verstehen, dass das Alltagsgeschäft der Welt einfach seinen Lauf nahm. Russland, Ukraine ... Das fand auch sehr gut ohne mich statt.

Mein Verlust bereitete mir so einen tiefen Kummer, dass ich auch jetzt noch das Gefühl hatte, dass er eigentlich eine Erwähnung in den Nachrichten verdient hätte.

Ich wollte auf keinen Fall, dass Lennert sich für mich Urlaub nahm. Ich wollte so tapfer wie möglich sein. Peu à peu wieder etwas Struktur in den Alltag kriegen.

Beginnend mit Besuch im Bad, Besuch in der Küche, Küche etwas aufräumen, für die Kinder da sein.

Ein bisschen was essen.

Obwohl ich alle, alle Schwangeren und Wöchnerinnen über meine Pause informiert habe, sowie auch über die Kontaktdaten meiner Vertretung, und obwohl in meinem Messenger-Status ein „Nicht erreichbar" steht, gibt es tatsächlich einige von ihnen, die mir dennoch Nachrichten schicken.

Sie beginnen mit: „Ich hoffe, es geht dir schon wieder viel besser. Du, ich hab da mal eine ganz kurze Frage."

Nein, liebe Leute. Diese kurze Frage darf mal ganz kurz an wen anderes gestellt werden. Ich muss nämlich kurz mal in mein Leben zurückfinden und auf die Welt, die sich ja leider doch weiterdreht, kurz mal aufspringen. Das muss ich aber noch kurz mal überdenken, ob ich das jetzt schon möchte, oder ob ich mich kurz mal doch noch etwas erholen möchte.

Wir hatten unsere Familienplanung abgeschlossen. Und dennoch bin ich schwanger geworden. Es war eine Eileiterschwangerschaft und den linken Eileiter habe ich verloren. Das ist nüchtern betrachtet das, was in der letzten Woche so passiert ist.

Und unnüchtern betrachtet, macht mich das sehr traurig, wobei es sich jeden Tag etwas weniger schlimm anfühlt.

Ich bin Hebamme und habe deutlich weniger Fragen als andere Frauen.

„Wie konnte das passieren?", „Habe ich etwas falsch gemacht?", „Hätte man das nicht verpflanzen können?" Das alles frage ich mich nicht, weil ich die Antworten darauf schon kenne.

Und dennoch hilft mir mein Beruf nicht unbedingt darüber hinweg. Man meint immer: „Ach Hebamme? Kennste doch schon alles. Erlebst du ja tagein, tagaus."

Ich kann dazu nur sagen, dass ich nebenberuflich auch einfach ein Mensch bin.

Wir haben kein Ultraschallbild, auf das wir schauen können. Wir haben aber unsere Kinder, für die wir dankbar sind, denn die beiden sind das Beste, was uns passieren konnte. Und: Wir vier gemeinsam sind das Beste, das uns passieren konnte.

Gestern Abend lag ich mit Selma auf dem Teppich vor dem Kamin. Alexander spielte ein wenig X-Box.

„Ist es dir nicht zu laut, Mami?" Lennert warf noch etwas Holz in den Ofen und machte Abendessen.

Und ich durfte einfach da so rumliegen – das war ein sehr, sehr gutes Gefühl.

Dr. Wagner schrieb mir: „Wird schon, Kopf hoch, Sie sind stärker, als Sie es sich selbst zutrauen."

Jeden Tag lese ich mir diese Nachricht aufs Neue durch. Und jeden Tag denke ich ein wenig mehr: Ja, stimmt.

Mein Verstand sagt mir, dass dieses Tal einfach mit allem Drum und Dran durchschritten werden muss. Es gehört dazu und das muss sein. So wie es nun in meinem Buch des Lebens drei Schwangerschaften, aber „nur" zwei Kinder gibt, muss auf die Kinderseite, damit es wieder ausgeglichen ist, auch eine Traurigkeit hin.

Mein Herz ruft: „Lauf schneller!" Wie gern würde ich das. Allerdings bin ich froh, dass ich vorwärtskomme und nicht steckenbleibe. Ich werde von Lennert und den Kindern gut hindurchgeschoben.

Sie sind mein Rückenwind. Mein warmer Rückenwind.

Eine Freundin, die eine Fehlgeburt in der siebenten Schwangerschaftswoche hatte, sagte: „Mein Tal hat sechs Wochen gedauert. Zwei davon waren richtig schlimm. Und die restlichen vier waren nur intermittierend schlimm."

Ich habe gemerkt, dass es für meine Eltern wirklich ganz schwierig ist, mit dieser Situation zurechtzukommen.

Meine Mutter ruft jeden Tag an, mit ihr kann ich gut sprechen, nicht nur über die Eileiterschwangerschaft, sondern auch über „das übrige Leben", das ja irgendwie doch auf mich wartet.

Mein Vater rief mich neulich an und fragte, ob er mal vorbeikommen soll, er sei gerade in der Nähe. Und als er dann bei mir war, schaute er mir fest in die Augen und ich sah viel Traurigkeit in seinen.

Er nahm mich in den Arm und sagte: „Mein kleines Spätzchen ... Mir tut das so leid, das ist wirklich furchtbar. Wirklich. So sehr leid tut mir das."

Sehr aufrichtig fand ich das. Warum sollte man auch nicht sagen dürfen, dass es ganz schrecklich ist? Das zeigte mir ja: Er hat's begriffen.

Die aufrichtige Anteilnahme meiner Familie und unserer Freunde, die Loyalität, die aufrichtig interessierte Frage danach, wie es mir und uns geht, das Verständnis dafür, dass ich gerade eine Pause von allem brauche ... Das hilft sehr.

Dass keiner sagt: „Jetzt MUSS doch aber langsam mal gut sein", dafür bin ich wirklich dankbar. Und wenn es einer denken sollte ... dann soll er es einfach nicht sagen.

Ich habe mein Hebammenschild vorerst aus meinem Auto genommen.

Nein, ich bin gerade nicht im Dienst von Mutter und Kind. Aber ich werde es bald wieder sein.

Und auch, wenn ich mir in den letzten Tagen Gedanken dahingehend gemacht habe, dass ich den Kreißsaal lieber doch nicht mehr wiedersehen möchte, regt sich in mir ein kleiner Funke, der sagt: „Du wirst es tun!"

Und wenn dieser kleine Funke zur Flamme wird, wird daraus ein Feuer und dann wird es passieren.

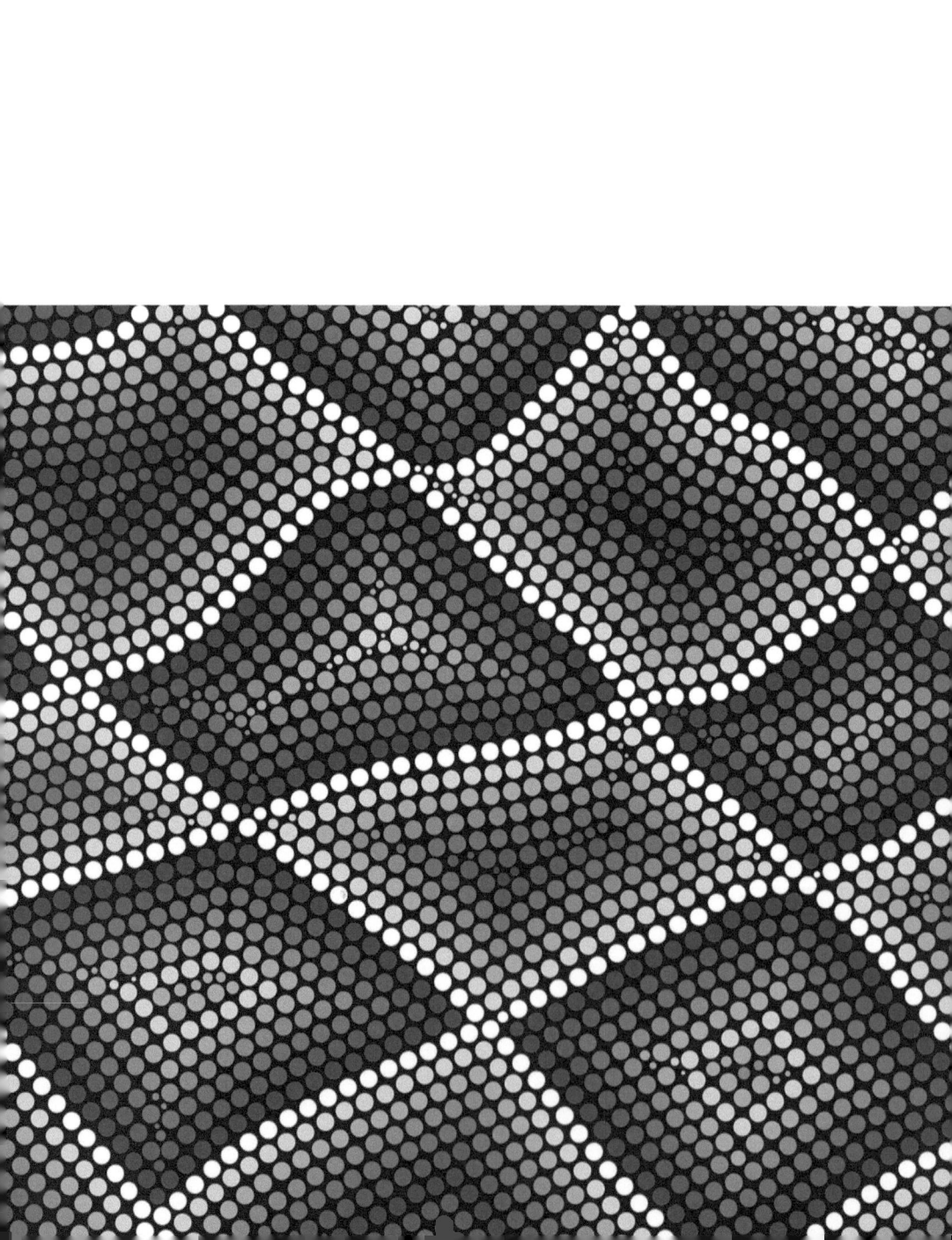

Die rutschigen Stufen

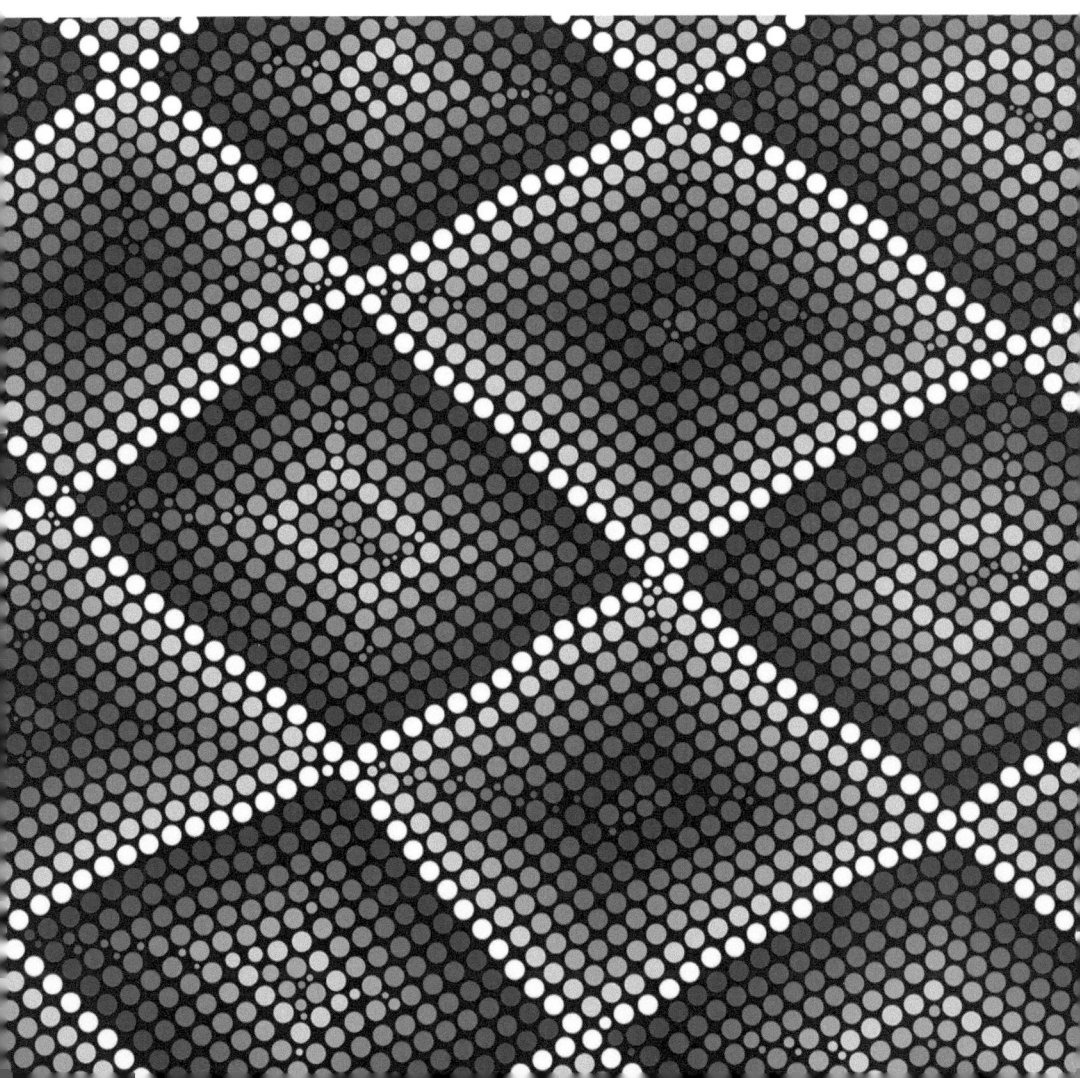

Regen ...

Du stehst ...
An der Scheibe ...
Schaust hinaus ...
Hinaus in den Regen ...

Wie kleine ...
Leuchtende ...
Tränen ...
Rinnen sie ...
Herunter ...

Du merkst ...
Es ist warm ...
Dort ...
Wo du jetzt stehst ...

Aber ...
Du spürst ...
Sie nicht ...
Die Wärme ...
Du spürst ...
Nichts ...

Leere ...
In dir ...

Starrst hinaus ...
In eine nasse ...
Kalte ...
Welt ...
Beobachtest ...
Die Tränen ...
An der Scheibe ...

Erinnerungen ...
Steigen ...
In dir auf ...

Die Kerze ...
Auf deinem Tisch ...
Flackert ...
Erlischt ...

Dein Atem ...
Lässt die Scheibe ...
Beschlagen ...

Du hebst ...
Langsam ...
Die Hand ...
Wischst ...
Über das Glas ...

Schaust hinaus ...
In den Regen ...

Schließt ...
Deine Augen ...
Spürst die Wehmut ...
Spürst deine ...
Erinnerung ...

Legst deine Stirn ...
An die ...
Kühle Scheibe ...

Ein leiser Seufzer ...

Und dann ...
Dann verblasst ...
Sie ...
Langsam ...

Deine Erinnerung ...

Du zündest die Kerze ...
Wieder an ...

Setzt dich ...
Auf dein Sofa ...

Spürst die Wärme ...
In dir ...
Lächelst leise ...

Und schaust hinaus ...
In den ...
Regen ...

Später

Ja, ... das Leben geht also weiter. So, wie es einem jeder sagt. So, wie ich es allen sage, deren Leben gerade vor Schreck den Atem anhält. Während man in der Situation ist, denkt man: „Jaja, erzähl mal. Wie soll das Leben denn weitergehen? Wie?"

Zum Glück bin ich jemand, der sich schlecht zusammenreißen kann. Ich glaube, würde ich die Zähne zusammenbeißen und jede Träne runterschlucken, dann würde das alles sehr, sehr lange dauern.

Aufgeschoben ist nicht aufgehoben.

Man kann das nicht aussitzen.

Da muss man durch.

Irgendwann wird es wieder ein Ereignis geben. Ob es ein trauriges oder ein sehr schönes ist. Aber für das muss man dann doch wieder gewappnet sein.

Ich denke da gerade an einen Geburtsvorbereitungskurs von mir zurück. In diesem Kurs saß ein Paar, das ich auf sehr traurigem Wege kennengelernt hatte. In der 21. Schwangerschaftswoche hatten sie ihr Kind verloren und bei der Geburt hatte ich sie kennengelernt.

Die Frau hatte in dem Zimmer gelegen, in das auch ich nach der OP gebracht worden war. Ich werde nie vergessen, wie ich damals ihre Hand gehalten und neben mir ihre Mutter gestanden hatte, die völlig in Tränen aufgelöst war. Auf der anderen Seite hatte ihr Mann gestanden. Es war so unendlich traurig und ich war mit aller Macht um meine Fassung bemüht gewesen.

Mein Ziel war es gewesen, dass ich nicht neben dem Bett der Frau zusammenbreche und von der Frau selbst getröstet hätte werden müssen.

Ich war da noch in der Ausbildung gewesen. Daher konnte ich damals dieses Paar anschließend nicht offiziell betreuen. Allerdings hatte es auch niemand anderes getan, denn es war Mitte Juni und die meisten Hebammen entweder im Urlaub oder völlig überladen. Vertretung und so.

Und so hatten wir Mailkontakt gehalten.

Eines Tages war dieses Paar wieder „guter Hoffnung". Diese Redewendung liebe ich. Sie sagt so viel Gutes aus. Guter Hoffnung sein … Und das nach einem solchen Verlust.

Wie viel Stärke, wie viel Selbstvertrauen. Wie viel Liebe zum Leben. Wie viel Mut. Wie wunderbar.

Wie wirklich wunderbar.

Und nun, obwohl ich ein Teil ihres traurigsten Erlebnisses gewesen war, besuchten sie meinen Geburtsvorbereitungskurs für Paare, der an einem Wochenende stattfand.

Mit dabei war – ein Vollidiot.

Ich stand in der Küche, um Kaffee und Tee zu kochen. Es war ein wirklich schöner Tag mit Sonne, Vogelgezwitscher und allem Drum und Dran. Bis Hansen (der Name … Hammer, oder?) katschend das Geburtshaus betrat.

Man hörte das Gekatsche schon von Weitem.

„Katschkatsch … Hallo?"

Und dann stand er vor mir.

Blondierte, nach oben gegelte Haare. Backenbart. Megazahnlücke. Feinrippunterhemd. Megagürtelschnalle.

„Guten Morgen …" „Bin ich hier richtig? Katschkatschkatsch …", fragte er.

„Nun ja, wo wollen Sie hin?", fragte ich.

„Na, katschkatsch, zu so einem krassen Geburtsvorbereitungskurs für Paare wollte ich. Katschkatschkatsch …"

Nun ja. Er war hier leider richtig.

„Geil!", katschte er. „Wo issens Klo übrigens? Weil, ich muss ma pissen und danach hätte ich gern 'nen Kaffee."

Acht Stunden, und das an zwei aufeinanderfolgenden Tagen.

Ach, es gäbe zu diesem Wochenende unglaublich viel zu erzählen.

Aber das, woran ich in diesen Tagen immer und immer wieder denken muss, war der Moment, in dem jedes Paar beschrieb, wie es sich eine Geburt vorstellte.

Es war der Moment, in dem Maren die Geburt und den Verlust ihrer Tochter beschrieben hat. Es war der Moment, in dem ich auf einmal losschluchzte und mit mir dann alle Frauen am Heulen waren.

Es war der Moment, in dem Hansen den Arm auf Marens Arm legte und katschte: „Ey, warte ma jetz ... katschkatschkatsch ... ey ... Respekt. Mann. Katschkatsch. Respekt, wie Ihr DAS hinkriegt. Also ICH weiß, wie es euch geht. Ganz genau, ey. Leute. Ne? Denn, ich ... Also MIR geht's auch richtig scheiße. Ich wa ma im Krieg. Katschkatsch. Und da denk ich heute noch drüber nach."

Selbst wenn er wirklich in Afghanistan oder wo auch immer gewesen war, und nicht die Übungen bei der Bundeswehr gemeint haben sollte, aber das gehörte hier nicht her.

Es war so, als liefe gerade der Soundtrack zu einer unglaublich traurigen Szene. Und dann – mit dem Gekatsche – wurde der Soundtrack jäh unterbrochen. Die Heulerei zum Glück auch.

Ich verstehe bis heute nicht, wie Maren Hansen einfach nur anschaute und nichts weiter sagte. Sie saß aufrecht und sah ihm direkt in die Augen. Mit einer Stärke, die mit nichts zu vergleichen war.

Ich glaube, dass ich ihm direkt eine gescheuert hätte. Ganz im Ernst. Wirklich.

Der Verlust eines Kindes, ob in der 6., der 21. oder in welcher Woche auch immer, ist niemals mit irgendwas zu vergleichen. Und ganz bestimmt möchte man dann nicht vollgekatscht werden mit: „Ich weiß, wie Ihr Euch fühlt!"

Jemand, der das noch nicht erlebt hat, sollte diesen Satz niemals sagen! Man sagt ja auch zu keinem „Ich liebe dich", wenn man ihn eigentlich nur nett findet.

Es ist eine ähnliche Situation wie im Kreißsaal, wenn das Köpfchen des Kindes geboren ist und man auf die letzte Wehe wartet, die die kindlichen Schultern dreht und das Kind komplett zur Welt kommen lässt.

Während dieser Augenblicke, und meist dauern sie nur eine Minute, sollte man nichts sagen. Denn alles, womit die Frau sich dann beschäftigen muss, – und sei es nur die Frage: Hast du eigentlich einen Zweitnamen, Schatz? – bereitet ihr Stress. Und alles, was ihr Stress bereitet, dreht den Wehenhahn zu und dann hat man unter Umständen ein kleines Problem.

Diese Stille zu ertragen ist nicht so einfach.

Sogar für die Männer manchmal.

Das liegt alles dicht zusammen, merke ich mal wieder.

Es ist wirklich schwierig, angemessen auf so eine Traurigkeit zu reagieren. Es ist eigentlich fast unmöglich, wenn ich richtig drüber nachdenke.

Allerdings hätte ich nie gedacht, dass ausgerechnet mein niedergelassener Gynäkologe es überhaupt nicht hinbekommen würde.

Bevor ich zur Nachuntersuchung fuhr, hatte ich mir fest vorgenommen, da straight durchzumarschieren und zumindest medizinisch einen dicken Strich unter allem zu ziehen, damit ich mich auf mein Seelenheil konzentrieren konnte.

Ich war mit meiner Schwägerin Ruth in der Stadt verabredet, einen Kaffee trinken. Ich wollte es wagen. Den Schritt unter Menschen.

Und ich war sehr guten Mutes.

Als ich auf den Parkplatz der Praxis fuhr, dachte ich daran, dass ich hier immer nur hergefahren war, um mir sagen zu lassen: „Alles prima! Wir sehen uns in soundsovielen Wochen wieder."

Das würde ich an dem Tag nicht hören. Ich wäre am liebsten wieder umgedreht. Aber ich wollte dieses Level dringend schaffen. Lieber tot als Zweiter. Und somit schluckte ich den Riesenkloß in meinem Hals hinunter und ging in die Praxis. Dort roch es so wie immer. Und ... natürlich lief ein CTG, gut hörbar. Wie sollte ich dort bleiben und ein tapferes Gesicht machen. Wie?

„Wer will, der kann", dachte ich und ging an den Empfangstresen. Die Arzthelferin kannte mich noch. Nicht nur als Hebamme, sondern als glückliche Schwangere von früher. Sie sah mich leicht bestürzt an.

Und dann heulte ich los. Es gab wirklich kein Halten mehr.

Um mich herum – NATÜRLICH – nur glückliche, schwangere Pärchen.

Was sonst? Pärchen, die mich an die Zeit vor zehn bzw. sieben Jahren erinnerten.

Ich neidete ihnen nichts. Mit welchem Recht auch?

Und dennoch zerriss es mich innerlich.

Ich wurde in den Laborraum geführt, in dem ich auch während der Vorsorgeuntersuchungen immer gesessen hatte. Das mit der Heulerei wurde nicht besser. Und weil ich leider das letzte Kleenex verbraucht hatte, zog ich sehr undamenhaft hoch. Was mir sehr egal war.

War das schon der Anfang von Verwahrlosung?

Ich durfte mich dann vor die Sprechzimmertür des Arztes setzen. Innerlich schrie ich ein lautes Gebet: „Lieber Gott, lass hier keine von meinen Frauen sein! Ich bitte dich! Heute nicht, heute nicht, heute nicht!"

Es war offensichtlich laut genug, vielleicht guckte ich auch nicht genau genug. Vor lauter Weiterheulerei war das auch schwierig.

Dr. Schmidt öffnete mir die Tür. Ihn hatte ich 1.000 Jahre nicht gesehen. Zwischendurch war ich zu einem anderen Arzt gegangen, da es hieß, dass Dr. Schmidt schwer krank sei. Aber als ich wusste, dass er wieder praktizierte, hab ich mich zur Rückkehr entschlossen. Aus Loyalitätsgründen.

Nach diesem Besuch würde ich mich zum Weggang entscheiden. Aus Enttäuschungsgründen.

Mittlerweile trug er zwei Hörgeräte, war sichtbar schlecht zu Fuß und sah wirklich mitgenommen aus. Das Bild allein schon ließ mich noch mehr heulen.

„Sie machen ja Sachen", sagte er.

„Ja", schluchzte ich. Und heulte unaufhörlich.

„Was ist denn jetzt genau Ihr Problem?", fragte Dr. Schmidt.

WAS WAS WAS?!?!?!?!?!

„Weil, na, weil ... Ich habe ein Kind verloren ... Und das macht mich ziemlich traurig. Ich habe es einfach noch gar nicht wirklich begriffen, was da passiert ist. Und es sind bestimmt auch noch die Hormone, und ...", heulte ich.

Dr. Schmidt fummelte an seinen Hörgeräten herum.

„Ich versteh Sie nicht ...", sagte er und beugte sich vor. Was gab es da nicht zu verstehen ... Ich wollte gern tot zusammenbrechen ... Sofort.

„Sagen Sie das bitte noch mal ..."

Aha, akustisch also.

Ich atmete tief ein und erzählte es mit Heuluntermalung noch einmal.

„Ich habe Sie leider Gottes immer noch nicht verstanden ...", sagte Dr. Schmidt verzweifelt.

Wenn es nicht so traurig gewesen wäre, hätte dieser Besuch einen großartigen Platz in einer schwarzen Komödie gefunden.

Ich fragte mich mal wieder, was ich noch alles ertragen musste. Und vor allem fragte ich mich bewundernd, wie ich das aushalten konnte. Klappte ja. Aber wie? Es war mir ein Rätsel.

Irgendwann wurden meine Worte akustisch vernommen. Und dennoch: „Aber Frau Held, ich frage Sie noch mal: Warum weinen Sie jetzt so sehr? Sie wollten doch gar keine Kinder mehr. Das dürfte doch jetzt gar nicht so schlimm sein. Haben Sie körperliche Beschwerden?"

Tja, nun. „Es wollte wohl noch eins kommen!", antwortete ich heulend mit einem leicht pubertären Unterton.

Das konnte doch wohl nicht wahr sein. Das konnte doch wirklich einfach nicht wahr sein! Der Mann, der mir immer mit väterlicher

Stärke begegnet war und von dem ich sie gerade und vor allem jetzt brauchte, brachte mir Unverständnis entgegen.

Wie ein Chirurg, der einem Beinamputierten sagt: „Sie finden es schlimm, dass Sie nur noch ein Bein haben? Aber Sie sind doch Raucher! Also DAS kann ich gerade nicht verstehen."

Wobei, so was kommt sicherlich nicht vor. Andererseits, das dachte ich bislang auch immer von meinem Gynäkologen.

Die körperliche Untersuchung war ... nun ja ... sie ging vorbei und zum Glück gab es medizinisch nichts zu beanstanden. Das hätte ich nicht ertragen. Auf keinen Fall hätte ich das. Ich glaube, wenn es geheißen hätte „Da müssen wir noch mal ran!", hätte ich es ausgesessen.

Nichts, nichts, nichts hätte ich toleriert.

Mit dem In-die-Stadt-fahren hatte es sich natürlich erledigt. Eine Sonnenbrille hätte nicht ausgereicht, um meine Würde wiederherzustellen. Ich hätte mir einen blauen Sack über den Kopf ziehen müssen.

Ruth kam zu mir nach Hause. Und als ich „Guten Morgen" heulte, ließ sie ihre Tasche fallen und nahm mich einfach in den Arm. Und das war das einzig Richtige in der Situation. Nichts sagen, nur in den Arm nehmen. Und mich ein wenig rumheulen lassen.

Bis es wieder ging.

Dieser Morgen hatte mich so sehr aus der Bahn geworfen, dass ich abends (natürlich noch immer heulend) zu Lennert sagte, dass ich einfach noch nicht stark sein und dass ich mir nicht vorstellen konnte, jemals wieder die Frau zu sein, für die er sich vor 16 Jahren entschieden hatte.

Wie sollte ich die jemals wieder werden? Wie?

Ich wusste es nicht.

Lennert nahm mich in den Arm und sagte das einzig Richtige.

„Das ist nicht schlimm. Dann bist du eben noch nicht stark."

Und: „Ich liebe dich."

Auf der Treppe aus dem tiefen Tal bis hin zum „Es wird wieder!"-Status gab es offenbar einige sehr rutschige Stufen.

Hier war so eine. Ich rutschte zwar nicht wieder bis ganz nach unten. Aber irgendwie doch ein ordentliches Stück. Und ich war froh, dass ich mir dabei nicht den Hals gebrochen hatte.

Ich stand auf und entschied, dass ich meinen Hintern nun erstmal platt genug auf dem Sofa gelegen hatte, während ich mir „How I met your mother" und „Edel & Starck" angeschaut hatte.

Der Morgen schien wie dafür gemacht zu sein. Ich ging los. Mitten durch das Vogelgezwitscher, durch den leichten Nebel, der den Kampf gegen die Sonnenstrahlen gerade verloren hatte, durch den blühenden Frühling.

Ich ging und ging und ging und ja, ich GENOSS es.

Und auf einmal hatte ich ein Bild vor Augen.

Es war ein bildhaftes Gefühl und ich bin mir nicht sicher, ob ich es genügend erklären kann. Aber ich schien ein Tragetuch umgebunden zu haben. Und in diesem Tragetuch befand sich ein Baby. Es hatte keine Mütze auf. Ich wollte mich aber nicht zu sehr darüber wundern, ich wollte diesen kleinen Zauber in mich hineinlassen.

Dieses Baby schaute ein wenig nach links und rechts herum. Es hatte dunkle Haare. So wie Selma und Alexander damals.

Ich schloss die Augen, wohl wissend, dass dies nicht die Realität sein konnte, aber was war falsch daran, sich über diesen Augenblick zu freuen.

Ich heulte ein bisschen, hielt dieses kleine Glück fest, sog es mit aller Kraft auf und ... dann piepte mein Handy.

Der Moment war unterbrochen.

Das Tragetuch war leer.

Aber ein Gefühl der Bereitschaft zum Loslassen machte sich in mir breit.

Und das war ein gutes Zeichen.

Ich fand entscheidungsunfreudige Menschen bislang immer anstrengend. Wirklich. Und nun machte ich selbst die Erfahrung.

„Welches Stück Kuchen möchtest du essen?", brachte mich an den Rand der Verzweiflung.

„In welche Richtung geht's beim Spaziergang?"

Furchtbar.

Ich stand in der Stadt vor vielen, vielen Schuhen und es gefielen mir wirklich viele sehr gut. Aber ich konnte mich nicht entscheiden und kaufte mir nichts. Nichts! Noch nicht mal das T-Shirt, das ich so dringend haben wollte.

Entscheidungen für mich selbst: schwere Aufgabe. Entscheidungen für meine Kinder: Das ging gut. Ich war also doch noch eine zuverlässige Mutter. Das beruhigte mich. Sehr.

Dennoch, ich wollte verhindern, dass mich der Verstand klammheimlich verlassen würde. Und somit ging ich einen weiteren Schritt.

Den zu Steffi, der Psychotherapeutin in unserem Geburtshaus.

Sie ist auf Fehlgeburten, Totgeburten, Kindsverluste, traumatische Geburten etc. spezialisiert.

Der Raum, in dem ich sonst Vorsorgen durchführte, war nicht wiederzuerkennen. Und das tat sehr gut.

Ich sprudelte los: Es ist im Moment so, dass die Leute, die mich gerade so sehen, sich darüber wundern, dass ich einfach nicht so viel spreche wie sonst. Ich könnte ununterbrochen schreiben, aber reden ... Es redet sich gerade einfach schlecht. Am Telefon schon mal gar nicht.

Das Telefon ist im Augenblick in keinster Weise mein Freund. Überhaupt nicht. Klingelt es, fällt es mir schwer, ranzugehen.

Ich kann nicht sagen, warum das so ist. Aber Fakt ist: Ich hasse es gerade zu telefonieren. Falls der Weltfrieden davon abhängen sollte, könnte ich mich natürlich zusammenreißen. Aber ich gehe mal davon aus, dass der Weltfrieden gerade nicht davon abhängt.

Live, von Angesicht zu Angesicht mag es gehen, aber auch das ist wirklich irgendwie doch ein Unterschied zu vorher. Vielleicht weil ich mich verletzlich fühle, weil ich das Gefühl habe, dass die Tatsache, dass ich gerade ein Kind verloren habe, automatisch das ist, was man mit mir in Verbindung bringt. Auch wenn es nur logisch ist.

Bei Steffi erzählte ich zwei Stunden und eine Packung Taschentücher lang von dem Geschehenen. Von meiner Traurigkeit. Von meiner Wut auf bestimmte Reaktionen. Von meiner Entscheidungsunfähigkeit.

Und von der Frage: „Wie geht's denn nun weiter? Werde ich meinen Verstand verlieren oder behalte ich ihn? Und überhaupt: WARUM?!"

Sie versprach mir, dass ich ihn behalten würde, den Verstand, und sie fand meine Entscheidungsunfreudigkeit nicht so schlimm. Denn die wirklich wichtigen Dinge entschied ich ja weiterhin.

„Weiter am Leben teilnehmen?", „Den Kindern gern weiter eine Mutter sein?" „Jeden Tag neu angehen?"

Auf alles konnte und kann ich sofort mit einem „Ja, gern!" antworten. Und um mehr ging's erstmal nicht.

Ich ließ mich nicht verwahrlosen. Wimperntusche und Ohrstecker mussten nach wie vor sein und ich hatte auch nicht den Drang, mich zuzudröhnen oder mich zu betäuben. Diesem Moment musste ich nicht auf Biegen und Brechen entfliehen.

Ich hielt es offensichtlich aus, dieser Situation so zu begegnen, bis ich mit einem festen Augenkontakt damit leben konnte.

Das war doch schon mal was.

Dieses Gespräch tat sehr gut und ich kann jedem Menschen nur raten, so etwas in Anspruch zu nehmen. Es reicht vielleicht nicht nur, sich mit Freunden und Familie auszutauschen. Eine professionelle Hilfe gibt einem noch etwas Objektivität und man weiß, das Gegenüber wird nicht überfordert sein mit dem, was man ihm erzählt. Das professionelle Gegenüber denkt niemals: „Meine Fresse, komm zum Punkt ..." und es denkt auch nie: „Voll der Psycho ..."

Und falls doch: Man merkt es nicht.

Tja, irgendwie, auch wenn man es anfangs nicht wirklich glauben kann, wird alles wirklich besser. Aus der „Es wird jeden Tag etwas weniger schlimm"-Einstellung kann ich tatsächlich ein „Es wird jeden Tag besser!" machen.

Mir geht's gar nicht darum, all das zu vergessen. Es ist eine Erfahrung, die zu meinem und Lennerts Leben einfach dazugehört. Eine sehr traurige Erfahrung zwar, aber eine, die wir gemeinsam erleben. Ich bin nicht allein damit.

Lennert und die Kinder sind um mich herum, und es wäre furchtbar, wenn es sie nicht gäbe. Lennert mit seinem Verständnis für meine derzeitige Laune. Die Kinder, für die ich mich zusammenreiße, weil ich finde, dass es sein muss. Und weil es klappt, merke ich: Es geht. Wer will, der kann. So ist es.

Ich will, dass es geht. Und deswegen wird's das auch.

Und wie!

„Es ist so, wie es ist."

Dieser Satz ist ein kleiner hilfreicher Arschtritt. Er kommt von einem Freund. Eine simple Feststellung. Ich kann mich auf den Kopf stellen und diese Situation total blöd finden, aber sie bleibt so. Ich habe ein Kind verloren. So ist es. Wie es eben ist. Und daran wird sich nichts ändern.

Auch wenn ich noch hundert Kinder bekommen würde, die Strichliste auf der Schwangerschaftsseite bliebe länger als die auf der Kinderseite. Eine mathematische Gewissheit.

Nicht einfach, das Ganze.

Aber: „Die Dinge müssen nicht einfach sein, es reicht, wenn sie wahrhaftig sind." Das sagte mir einer der schlauesten Menschen, die ich so kenne.

Das hier ist eine wahrhaftige, intensive Erfahrung mit allem, was dazu gehört.

Ich werde bald, da bin ich mir sicher, gestärkt daraus hervorgehen.

Ich werde bestimmt auch wieder in den Kreißsaal gehen. Ich werde höchstpersönlich meine kleine stillstehende Welt wieder anschieben und dann aufspringen. Weil ich das will.

Es war Frühling. Und auf den freute ich mich jedes Jahr wie wahnsinnig. Gestern lag ich in der Sonne und bin vor Glück darüber fast umgekommen.

Immer wenn ich rausging, roch ich, dass das Leben draußen blühte und mir sagte: „Komm her, das Leben ist großartig!"

Ich kriegte keine Zustände mehr, wenn ich vor die Tür ging, ich konnte aufrichtig freundlich grüßen, wenn Menschen an mir vorübergingen. So, wie mein Vater es mir beigebracht hatte, konnte ich mich wieder aufrecht hinstellen und mit geradem Rücken durchs Leben gehen.

Fühlte sich gut an.

Es wird immer wieder eine rutschige Stufe geben auf der Treppe nach oben. Aber ich werde sie einfach vorsichtig und mit Bedacht gehen.

Ich werde mir ein schaffbares Zeitfenster einrichten, innerhalb dessen ich diese Treppe erklommen haben möchte. Und vor allem werde ich sie mit meinem familiären Rückhaltesystem gehen.

Sehr dankbar stieg ich schon jetzt diese Treppenstufen empor. Ich war und bleibe dankbar für dieses Glück.

Und ich war dankbar für alle Menschen um mich herum, die das Richtige gesagt oder getan haben. Die an uns dachten. Die mit uns fühlten. Die mir auf dem Sofa, auf dem ich mit meinem Eulenschlafanzug saß, einen unerschöpflichen Vorrat an Taschentüchern bereitstellten. Und eine Umarmung. Und ein gemeinsames Schweigen.

Und das Ertragen meiner Schwäche.

„Hat man Liebe, hat man alles", fiel mir da noch so ein.

Ja, irgendwie stimmte das.

Es läuft

Sanfte Stille

Es hat ...
Aufgehört ...

Eben noch ...
Dunkle Wolken ...
Grelle Blitze ...
Ohrenbetäubender ...
Donner ...

Das ...
Rauschen ...
Unzähliger Tropfen ...

Und jetzt ...
Stille ...
Die Stille ...
Nach dem Regen ...

Sanfte Stille ...

Es riecht ...
Grün ...

Vereinzelte ...
Sonnenstrahlen ...
Finden ...
Ihren Weg ...
Durch die Wolken ...
Schieben sie ...
Beiseite ...

Blauer ...
Himmel ...

Schweigend ...
Genießt ...
Du ...

Diesen ...
Wundervollen Moment ...
Der ...
Harmonie ...

Bist ...
Eins ...
Mit dir ...

Eins ...
Mit dem Leben ...

Ein ...
Erster Vogel ...
Beginnt ...
Zaghaft ...
Sein Lied ...
Zu trällern ...

Die Melodie ...
Mit der Stille ...
Zart ...
Verwoben ...

Sanfte Stille ...

Die Stille ...
Nach dem Regen ...

Alles ...
Ruht ...
In sich ...

Feine ...
Dunstschwaden ...
Schweben ...
Über dem ...
Asphalt ...

Ein ...
Letzter Tropfen ...
Löst sich ...
Fällt ...
Zu Boden ...

Es hat ...
Aufgehört ...

Aufgehört ...
Zu regnen ...

Sanfte Stille ...

Noch später

Ich singe grundsätzlich gern. Schon immer. Hab ich von meinem Vater. Der hat meine Mutter immer regelmäßig in den Wahnsinn getrieben, indem er lauthals alles Mögliche mitgeschrien hat, was im Radio so lief.

Mein Radio läuft eigentlich auch immer: das im Wohnzimmer. Und auch das im Badezimmer. Vor allem aber das im Auto.

Als ich ins Krankenhaus gefahren war, in dem Dr. Wagner mir einen Ausblick auf den kommenden Tag und die dann stattfindende OP gegeben hatte, lief das Autoradio zumindest auf dem Hinweg noch. Trotz des schlechten Gefühls.

Mit dem Bewusstwerden des Verlusts und der Situation an sich schaltete ich dann jedes Radio aus. Ich, die eigentlich gern einen Soundtrack für ihr Leben hätte, konnte mit Musik nichts mehr anfangen. Ich konnte sie schlicht und einfach nicht mehr ertragen.

Und selber irgendwo mitsingen ... Auf gar keinen Fall. Nein! Mir fehlten die Worte und mir fehlten die Töne.

Und die Stille war ebenfalls furchtbar.

Mir fehlte auch auf einmal die Gabe, mich zu entscheiden. Egal, wofür. Sogar als ich zum ersten Mal versuchte spazieren zu gehen, warf mich die Frage „Links oder rechts rum?" erstmal wieder zur Haustür herein. Aber das wurde mir dann doch zu verrückt mit mir und ich ging einfach los.

Das klappte und ich nahm zumindest mal wieder den Gesang der Vögel wahr. Er war auch einfach nicht zu überhören. Und ich empfand ihn als sehr schön. Das gab mir etwas Hoffnung in dem Punkt, nicht völlig verrückt zu werden. Zumindest nicht sofort.

Einigermaßen zeitgleich ertappte ich mich dabei, wie ich unbewusst „All you need is love" summte. Ich wollte es mir eigentlich sofort verwehren, denn ich wollte mir nichts Spaßiges zugestehen. Das schlechte Gewissen wollte mich davor warnen, einige Tage nachdem ich ein Kind verloren hatte, etwas so Lebensbejahendes wie Mitsingen zu tun.

Ich war kurz davor, dem schlechten Gewissen recht zu geben, aber mutig kehrte ich ihm den Rücken zu und summte weiter. Leiser. Dennoch. Ich summte weiter.

Dann unternahm ich einen weiteren Spaziergang. Ich war ein wenig griffig an dem Tag. Es ist wohl eine Phase des gesamten Trauerprozesses, und nach Trauer kommt häufig Wut. Die ist irgendwie besser zu ertragen als die Trauer.

Ich hatte mich ein wenig über eine Frage, die mir sehr viele stellten, geärgert. Ich wusste, dass niemand sich dabei etwas Schlechtes gedacht hatte. Dennoch. Diese Frage sollte man nicht stellen. Niemals.

„Wolltet ihr denn überhaupt noch ein Kind?"

Wer wollte sich anmaßen, die Antwort auf diese Frage zu einer Bewertung der Gesamtsituation zu verwenden?

Ein „Ach, na dann ist es doch eigentlich nicht so schlimm ..." hätte zum sofortigen Ende einer Freundschaft geführt. Dann wär's nämlich auch keine gewesen.

Angenommen, ein Ehemann wäre gestorben. Da würde und dürfte auch niemand sagen: „Ach, na eigentlich hast du dich ja auch immer mal wieder über ihn geärgert, oder? So schlimm ist es doch dann eigentlich nicht."

Das fragt und sagt man einfach nicht. Ich benötige keinen Trauerberechtigungsschein. Von niemandem.

Man kann nicht rationell rangehen an so ein Thema. Es ist immer emotional. Immer.

Nun ja, ich war wie gesagt etwas bockig und ging hinaus in den Nieselregen. Wie ein pubertierender Teenager hörte ich ein wenig Musik auf meinem Smartphone. Mir war endlich mal wieder richtig nach Musik. Aber schon nach einer, die nun den Soundtrack zu meinem Innersten darstellen konnte. Die Hände in den Taschen, den Blick stur geradeaus gerichtet.

Was war da passender als „Die Tribute von Panem"? Nichts. Etwas ohne Worte. Eine Mischung aus zarter Hoffnung, spürbarer Bedrohung, einem machtvollen Auftritt, Drama und noch mehr Bedrohung.

Nachdem ich mich bei „Preparing the chariots" und „Horn of Plenty" ein wenig musikalisch gestärkt hatte, wurde es mir danach doch etwas zu düster und ich überlegte mir, dass es vielleicht fürs Erste genug war mit Musik.

Soundlos ging ich weiter. Aber das war irgendwie auch das Falsche für mich. Ich brauchte etwas Beständiges. Etwas Aufrichtiges.

Und dann sang mir Rufus Wainwright „Hallelujah". Bestimmt 100 Mal. Es ist das allerschönste Lied, das ich kenne, und wenn man mit sich selbst am Hadern ist, sich aber nicht aufgegeben hat, wenn man sich noch mal tief in alles hineinknien, gleichzeitig aber nicht zu sehr versinken möchte, dann ist „Hallelujah" genau das Richtige.

Nach dem 50. Mal summte ich mit. Mitsingen wollte ich lieber nicht. Nicht draußen. Hab ich dann zu Hause, als keiner da war, mit einer durchgeknallten Entschlossenheit getan, nach der ich dann erstmal kurz heiser war.

Die erste CD, die ich zu Hause wieder gern hörte, war „Adele 19". Etwas Melancholie und trotzdem Gemütlichkeit. Das hatte etwas sehr Beschützendes. Und da es draußen passenderweise regnete, war es perfekt.

Mein Trauzeuge und bester Freund heiratete. Bis vor zwei Wochen war ich mir sicher gewesen, nicht an der Hochzeit teilnehmen zu können. In keiner Hinsicht. Ich konnte es mir einfach nicht vorstellen, mich aufzuhübschen, mir ein schickes Kleid anzuziehen (vor allem: welches? WELCHES? Das schwarze? Das grüne? Welche Schuhe? WELCHE?!) und einen kompletten Tag mit anderen Menschen zu verbringen.

Aber in mir entwickelte sich dann irgendwann das Gefühl, das doch zu tun können. Zu groß war einfach meine Mitfreude für Sebastian und seine Laura. Somit fuhren wir dorthin. Ich wusste, dass ich dort viele alte Freunde aus der Abizeit wiedersehen würde und ich fürchtete mich vor der Frage: „Und bei Euch so? Ein drittes? Wann?" Ich war mir wirklich sicher, dass sie kommen würde. Todsicher!

Lennert versicherte mir, dass es jederzeit möglich war, dass ich wieder ginge. Jederzeit. Direkt vor der Kirche, direkt danach, direkt während des Torteanschneidens. Ich machte ihn auf die Gefahr der gänzlichen Unberechenbarkeit aufmerksam, die von mir ausging.

Damit konnte er gut leben und ich wusste, dass ich mich auf ihn verlassen konnte und mir nichts in der Richtung „Nun reiß dich zusammen!" anhören müsste.

Die kirchliche Trauung war sehr, sehr schön. Wirklich. Normalerweise heule ich mir die Augen aus dem Kopf. Bei jeder Hochzeit. Selbst bei Hochzeiten, die im Fernsehen stattfinden. Von Leuten, die ich überhaupt nicht kenne. Hier passierte gar nichts. Es heulte nicht. Nichts zog sich in mir zusammen. Ich bin keine Hochzeitsheulerin mehr, glaub ich.

Nun ja. Praktisch.

Es waren so viele Leute zur Hochzeit gekommen, dass das Gratulieren vor der Kirche länger dauerte als die gesamte Trauung.

In der Zeit war einfach viel möglich. Leider. Kurz bevor die vier Brieftauben ganz romantisch in den Himmel gelassen wurden, rief ein Freund:

„Mensch Anna-Maria! Ich habe dich schon so ewig nicht gesehen! Wo sind deine ganzen Kinder?"

„Nun, dort! Bei Lennert!"

„Nur zwei? Ich dachte, du hättest schon viel mehr!"

Wollte ich mich kurz in Brand stecken? Wollte ich? Kurz. Doch. Irgendwie schon.

„Nein, Mario, es sind zwei. Schon immer", sagte ich tapfer und dachte daran, dass ich den schwerhörigen Dr. Schmidt überstanden hatte. Man muss sich einfach sagen, dass so was keiner wissen kann. Und trotzdem war es irgendwie sonnenklar. Mir, der fleischgewordenen Bridget Jones, passierte sowas einfach.

Die Fahrt zum Essen war lang genug, um mich wieder einzukriegen und tief durchzuatmen. Es ging. Es ging wirklich. Lennert hielt meine Hand, ich maulte die Kinder ein wenig an. Aber es ging.

Dann stiegen wir aus und der Gast, der neben uns parkte und den ich nicht kannte, fragte:

„Hab ich genug Abstand gehalten?"

„Klar, warum?"

„Ich dachte, ihr hättet einen Kinderwagen dabei."

Natürlich.

Mit den Schokoriegeln, die ich mir vorsorglich eingepackt hatte, ging ich erstmal zum Klo und musste sie frustriert auffressen. Guckte ja keiner. Eigentlich war für die Kinder je einer vorgesehen, für Lennert einer und für mich einer. Ich setzte Lennerts Verständnis voraus und aß seinen mit auf. Das ging schon klar. Da war ich mir sicher.

Schokolade beruhigt. Immer. Auch auf dem Klo. Und beruhigt ging ich wieder hinaus. Lennert machte ein tapferes Gesicht, als ich ihn darüber in Kenntnis setzte, dass er nun keinen Schokoriegel mehr hatte.

Die Alternative wäre ja eine heulende Ehefrau gewesen.

Das Essen war unglaublich lecker. Mir schmeckte es wieder, was immer ein gutes Zeichen ist. Wir saßen mit Carl am Tisch. Mit ihm hatte ich Abitur gemacht, seine Mutter war bei Selmas Geburt anwesend gewesen und Carl selbst war nun Oberarzt der Neurologie.

Der Kommentar eines weiteren Schulfreundes lautete: „Es gibt Menschen, die fallen die Leiter einfach irgendwie hinauf."

Carl hat eine sehr nette Tierärztin geheiratet und gemeinsam mit ihr und den beiden sechs Jahre und zwei Monate alten Töchtern saßen wir am Tisch. Das Baby hatte riesige Augen und guckte sehr niedlich in der Gegend herum. Alexander stand staunend vor ihm und ich sagte nur: „Niedlich, oder?"

„Vielleicht kriegt deine Mama ja noch ein drittes!", sagte Carls Frau Julia.

„Nein", sagte ich.

„Du weißt ja gar nicht, wie schnell so was gehen kann", meinte sie, sie war nicht zu stoppen.

„Nun doch. Schon", antwortete ich.

„Also, sowas geht schneller, als man denkt! Ehrlich! Da würde ich gar nicht so vehement NEIN sagen, weil …"

„Ich hatte vor drei Wochen eine Fehlgeburt, also … Nein", flüsterte ich ihr zu.

Ich war mir sicher, sie anders nicht zum Schweigen bringen zu können. Natürlich tat es ihr sehr leid und sie war etwas bedrückt.

„Dafür, dass du dir hier schon so viel anhören musstest, machst du das echt gut", fand Lennert. Fand ich auch.

Als wir dann um ein Uhr nachts in die Jugendherberge fuhren, fiel die Anspannung von mir ab und ich musste einmal kurz heulen.

Danach ging es.

Zwischenzeitlich musste ich noch die Information verdauen, dass eine meiner Schwangeren kurz vor Entbindungstermin ein totes Kind erwartete. Ich machte mir gründlich Gedanken darüber, ob ich die Betreuung übernehmen konnte. Und ich wusste: Wenn ich es nicht täte, würde ich zum einen flüchten und zum anderen diese Frau im Stich lassen. Auch wenn Gerlinde sie wohl weiter betreut hätte.

Dennoch. Ich wagte den Kopfsprung ins unbekannte, kalte Wasser und entschied mich dafür, diesen Eltern beizustehen.

Einen Tag nach der Hochzeit fuhren wir in die Salztherme. Ich traute mich noch nicht so ins Wasser und schlief eine Runde auf einer der Liegen und anschließend ordnete ich gedanklich mein berufliches Leben. Ich entschied mich dafür, wieder in den Kreißsaal gehen zu wollen, denn der fehlte mir nun doch irgendwie schon sehr, muss ich sagen.

Lennert hatte mir letztes Jahr einen Anhänger für mein Armband geschenkt. Ein Symbol für Familie. Selma hatte ihn sich vorgestern angeschaut und gesagt:

„Da sind wir ja alle drauf! Du, Papi, Alexander, ich ... und ... ein Baby, Mami?"

Es hatte offensichtlich keinen Anhänger mit nur zwei Kindern gegeben.

Nun passte er ja irgendwie ... Es war noch mal sehr traurig, sich das vorzuhalten, aber irgendwie auch sehr tröstlich.

Es gibt kein Grab. Es gibt kein Ultraschallbild.

Aber es gibt diesen Anhänger, der für unsere Familie steht, und dort findet mein verlorenes Baby seinen Platz.

Als ich bei unserer heilpraktischen Psychotherapeutin Steffi im Geburtshaus war und ich sie immer und immer wieder fragte, warum diese Erfahrung sein musste, erzählte sie mir von ihrer Theorie: Jedes Kind sucht sich seine Eltern aus. Jedes. Und jedes weiß vorher, wie lange es bleiben wird. Und auch die Kinder, die nur kurz bleiben können, überlegen sich gut, bei wem sie diese Zeit verbringen möchten.

Sehr tröstlich finde ich diesen Gedanken mittlerweile. Wissenschaftlich höchst fraglich.

Aber was ist schon die Wissenschaft. Ganz ehrlich.

Übermorgen würde ich wieder meinen Rückbildungskurs übernehmen und ich wachte deshalb heute Morgen mit der Überlegung auf, mich konditionsmäßig wieder in Form bringen zu müssen.

Nachdem Lennert zur Arbeit gefahren war, zog ich mir meine coole neue Jogginghose an (manchmal hilft mehr Schein als Sein ...) und ein Kapuzenshirt, machte mir einen Zopf und verzichtete auf Brille bzw. Kontaktlinsen. Ich wollte irgendwie optisch ganz für mich sein. Und wie ein megasportlicher Teenie stöpselte ich mir mein Smartphone in die Ohren und ließ die Musikapp eine Zufallswiedergabe starten.

Ich lief los. Es lief von ganz alleine. Die Musik zog mich mit.

Ich dachte zuerst, es sei nur eine kleine Runde drin.

„Sie sind stärker, als Sie sich zutrauen", waren Dr. Wagners Worte gewesen.

Hatte er schon wieder Recht? Ich lief immer weiter. Mit „Mirror" von Justin Hübscherchen Timberlake. Weiter ging es mit „Timber" von Kesha. Dazu kann ich irgendwie immer prima aufräumen. Ratzfatz geht das dann. Dieses Lied ist ein kleiner Arschtritt, so was brauche ich manchmal täglich. Ein kleiner Muntermacher, ein guter Antrieb.

Das hätte ich vor ein paar Wochen nicht ertragen. Aber hier ließ es mich gut weiterlaufen.

Lilly Allen sang „Hard out here" für mich. Wenn man einen Gipsarm hat, kommt man mit dem Gips irgendwann klar, weil er einen schützt. Aber wenn der Gips abgenommen wird und es heißt „Mach alles ganz normal weiter!", fühlt es sich erstmal nackig und komisch an. Ist hart da draußen ...

So war es mir bei meinem ersten Hausbesuch neulich Abend übrigens auch gegangen. Eine Frau, die ich vor zwei Jahren schon betreut hatte, hatte ihr zweites Kind bekommen. Es hat alles gut geklappt – bis sie sagte:

„Du, ich habe mir solche Sorgen um dich gemacht ... Darf ich dich fragen, was mit dir war?"

Auf diese Frage war ich eigentlich vorbereitet, aber trotzdem kam sie überraschend.

„Ich hatte eine Eileiterschwangerschaft", sagte ich. Und gleichzeitig schrieb ich in meiner Karteikarte fleißig alles auf, was wichtig war. Ich konnte dem Blick trotzdem nicht lange standhalten.

„Oh nein, das tut mir leid ...", hauchte die Frau. „Das tut mir so sehr leid ... Das muss schlimm für dich gewesen sein."

Schreibschreibschreibschluckschluckschluck.

„Ja, schon", sagte ich.

„Und gerade für dich als Hebamme, die jeden Tag Babys sieht, ist es ja noch schwerer ... Oh Anna-Maria. Das tut mir richtig, richtig leid ..."

Zum Abschied ließ sie mich kaum los, als sie mich drückte.

„Ich möchte dir sagen, dass es mir wirklich so leid tut für dich und dass ich sehr froh bin, dass du trotzdem gekommen bist."

„Danke", flüsterte ich und ging.

Diesen Fragen werde ich mich noch stellen müssen. Es wird Leute geben, denen werde ich das nicht erzählen. Woran ich das festmache, ist schwer zu sagen. Am Gefühl, denke ich.

„Applause" von Lady Gaga trieb mich weiter. Meine Gedanken zerstreuten sich und ich lief weiter. Von ganz allein.

Die Luft roch so schön frisch. Nach Frühling. Nach Geburtstag. Nach Vorfreude. Wie herrlich war das, es so empfinden zu können!

Meine Sinne waren offensichtlich alle noch da!

Dann lief „Another love" von Tom Odell. Die Melancholie und Dramatik in diesem Lied mochte ich schon immer. Rein instrumental stimmlagemäßig hätte das mein Soundtrack der letzten Wochen sein können. In Dauerschleife. Diese Verzweiflung, die Fassungslosigkeit über die Ungerechtigkeit, die tiefe Traurigkeit. Aber auch die Entschlossenheit, das alles so doof zu finden, dass man sich davon einfach nicht unterkriegen lassen möchte.

Mittlerweile ging ich. Mir hing die Zunge schon auf der Straße, wie ich bemerkte und direkt vor der Haustür wollte ich auch nicht erst aufhören mit der Lauferei. Schlecht für den Kreislauf, hatte ich gelernt.

Dann kam das Lied, vor dem ich mich fürchtete. Bei dem ich, wann immer es die letzten Wochen im Radio lief, entweder das Radio ausstellte oder den Raum heulend verlassen musste.

Es ist das Lied, von dem ich während der kurzen und wie gesagt unbemerkten Zeit der Schwangerschaft immer dachte:

„Die Frauen, die jetzt gerade ihre Kinder bekommen, werden immer gern an dieses Lied denken."

Es hatte für mich etwas Intensives, Warmes, Magisches. Warum gerade das Lied, ich weiß es nicht, ehrlich gesagt. Aber bei dem war es so. Und als Lennert und ich in die Klinik fuhren, lief es auch im Radio.

Und dann hatte es eine andere Bedeutung für mich bekommen: „Rather be" von Clean Bandit.

Die ersten Takte fiedelten in meinen Ohren und ich schaltete nichts ab, sondern ertrug es, und es war absolut in Ordnung so.

Es gibt einige wenige Lieder, die ich mit Alexanders Schwangerschaft und Geburt verbinde. Von Selmas Zeit gibt es sogar eine ganze CD mit Liedern, da war mein Sinn einfach geschärfter, denke ich. Ich kann mich gut in die Zeiten zurückversetzen, in dem ich diese Songs höre. An die Momente des Besonderen, des Unbekannten, der Heulerei im Babyblues, eines Abschnittes.

Und „Rather be" beinhaltete für mich auch den Moment des Besonderen, des Unbekannten, der Heulerei, eines Abschnittes.

Das sollte ich einfach mal so sehen ...

Was wäre das Leben ohne Musik? Ganz ehrlich. Ich musste da manchmal an Carsten denken. Den toten Produktmanager, für den ich mal gearbeitet hatte (als er noch lebte). Er war blind gewesen. Und unglaublich musikalisch.

„Stell dir mal vor, du hättest die Möglichkeit, wieder zu sehen. Wärst aber taub! Was machste?", hatte ich ihn mal gefragt.

„Ich lasse alles, wie es ist. Wie furchtbar wäre es ohne Musik? Nee, lass mal", war seine Antwort. Carsten ohne Musik, unvorstellbar.

Mein Leben ohne Musik auch.

„Thank you for the music. The songs I'm singing. Thanks for all the joy they're bringing. Who could live without it? I ask in all honesty! What would life be?" – Sang- und klanglos wär's!

Mein Leben singt und klingt wieder. Die Songauswahl verändert sich immer wieder, wird reicher.

Wie das Leben an sich ...

Keine unendliche Geschichte

Königreich des Lichts

Ein ...
Langer ...
Quälend langer ...
Weg ...
Durch die ...
Dunkelheit ...

Liegt ...
Hinter ihr ...

Unzählige ...
Hindernisse ...
Haben sich ihr ...
In den Weg ...
Gestellt ...

Sie hat ...
Reißende ...
Flüsse überquert ...

Unendlich hohe ...
Berge bezwungen ...

Bodenlose ...
Schluchten ...
Überwunden ...

An ...
Gefährlich steilen ...
Abgründen gestanden ...

Sich ...
Durch das ...
Dunkle Dickicht ...
Unzähliger Wälder ...
Gekämpft ...

So oft ...

Hat sie ...
Gezweifelt ...
Geglaubt ...
Sie würde es ...
Nicht schaffen ...
Niemals ...
Könnte sie es ...
Finden ...

Aussichtslos ...

Doch jetzt ...
Jetzt ...
Kann sie es sehen ...

Direkt ...
Vor sich ...

Dort ist sie ...
Die Treppe ...

Die sich ...
Sanft leuchtend ...
In den Himmel windet ...
Sich ...
In der Unendlichkeit ...
Des Lichts ...
Verliert ...

Sie ...
Setzt ihren Fuß ...
Vorsichtig ...
Auf die ...
Erste Stufe ...

Schaut ...
Nach oben ...

Und ...
Ohne sich ...
Noch ein einziges Mal ...
Umzudrehen ...
Steigt sie hinauf…

In das ...
Königreich des Lichts ...

Ich bin mittendrin im Leben. Beruflich auch. Und werde doch zwischendurch immer wieder zurückgeworfen.

Aller Anfang ist schwer.

Und aller Neuanfang auch. Aber machbar. Wirklich. Ich hätte es nicht gedacht.

„Sie sind stärker, als Sie es sich zutrauen ...", war das vielleicht ein Segensspruch und gar keine Beschreibung gewesen?

Die Eltern, die in der 39. Schwangerschaftswoche erfahren hatten, dass sie einen toten Jungen erwarteten, luden mich zur Beerdigung ein. Da Gerlinde mich vertreten hatte, wurde sie ebenfalls eingeladen.

Ich versprach der Mutter zu kommen ... und fürchtete mich schrecklich. Das war einfach das Problem mit dem Spagat, den ich zwischen Beruf und Privatleben schaffen musste.

Die Aussicht auf den Tag der Beerdigung schleppte ich tapfer mit mir herum, besuchte die arme Mutter immer wieder, war jedes Mal lange bei ihr und hielt sie fest, wenn sie mich immer wieder fragte:

„Warum hat mich mein Baby verlassen? Warum hat er das einfach so gemacht? Warum, Anna-Maria? Kannst du mir das endlich beantworten? Waren die Rückenschmerzen, die Übelkeit, die Sorgen neun Monate lang umsonst? Warum tut Gott mir das an? Anna-Maria? Warum?"

Ich übernahm zum ersten Mal meinen Geburtsvorbereitungskurs wieder. Himmel, das war schwieriger als gedacht. Zum einen hatte ich schon wieder vergessen, was ich mit den Paaren alles durchgenommen hatte, bevor ich den Kurs abgegeben hatte, und zum anderen ... war es auch der Kurs, an dem die Eltern des toten Kindes bis zum Mal davor teilgenommen hatten. Und nun waren sie nicht mehr dabei ...

Sie wollten auf keinen Fall, dass die anderen davon wussten. Nicht, damit sie sich den Fragen und dem Beileid nicht stellen mussten, sondern damit sich die Frauen, die die 39. Woche noch nicht erreicht hatten, keine Sorgen machen würden. Wie selbstlos und lieb und herzlich ... Wie durfte solchen Menschen so etwas widerfahren? ... Ich verstehe es bis jetzt nicht.

Eine Schwangere, die ich selbst nach ihren beiden Fehlgeburten begleitet hatte, nahm mich dann in den Arm zur Begrüßung und ließ mich gar nicht mehr los.

Ich befürchtete eine Umkehr des beruflichen Verhältnisses, befreite mich aus ihrer Umarmung und sagte ihr:

„Alles gut. Wirklich."

Ich war fest entschlossen, es auch genau SO fühlen zu wollen. Alles gut. Alles gut. Alles. Gelang. Bedingt zwar. Aber irgendwie gelang es.

„Gibt es schon was Neues von Jonas und Katja?", fragte ein werdender Vater fröhlich. „Kind schon da?"

„Ja, Kind schon da", sagte ich, was ja auch nicht gelogen war, und fing schnell mit meinem Programm an, bevor irgendjemand fragen konnte, ob alles gut gegangen war und ich in die Situation gekommen wäre, lügen zu müssen.

Zwei Stunden stand ich unter Höchstspannung. Zum einen weil das arme Paar nicht aus dem Grund fehlte, den alle annahmen und ich die Einzige war, die das wusste, und zum anderen, weil ich auch wusste, dass die meisten mich an dem Abend entweder mit der Frage „Was wird die wohl gehabt haben, dass die so lange nicht da war?" oder der Feststellung „Sie hatte eine Fehlgeburt, wie kommt sie heute Abend wohl zurecht?" in Verbindung brachten. Ich konnte es wirklich in den Gesichtern lesen. Ich war aber nicht bereit, das in irgendeiner Art und Weise zu kommentieren. Das gehörte nicht in diesen Kurs. Nicht in diese Runde.

Ich erzählte diesem Kurs von der Wichtigkeit der Nähe zum Kind. Von der lebenswichtigen Bindung und Liebe und davon, dass Kindern, die von Geburt an mit viel körperlicher Liebe und Zuwendung überschüttet werden, später weniger passiert. Es war mir so wichtig, den werdenden Eltern zu sagen, ihr Kind bloß über alles zu lieben und es nie loszulassen. Schon fast fanatisch, irgendwie.

Als diese zwei Stunden dann vorbei waren und ich alle Kursteilnehmer verabschiedet hatte, ging ich in den Kursraum, setzte mich auf den Mattenstapel, atmete tief durch. Und heulte ein bisschen. Guckte mir die Wand an.

Und fühlte mich überfordert. Womit auch immer.

Es war ein komisches Gefühl. Ein trauriges, ein nicht zu mir passendes. Eines, das ich so nicht haben wollte. Es gelang mir nicht, nach Hause zu fahren. Ich musste bis nachts dort bleiben, bis ich mich wieder eingekriegt hatte und fahren konnte.

Am nächsten Tag fanden zwei Rückbildungskurse statt. Ich fürchtete mich auch davor, denn eine Wöchnerin, die auf eine sehr unverschämte Art und Weise nach meinem Verbleib gefragt und dann auch noch losgepoltert hatte, „Krass! Wollte die denn überhaupt noch mal schwanger werden?", wollte einen Termin bei mir haben. Aber mit dem Wissen um ihr Verhalten konnte ich ihr nicht gegenübertreten. Ich wollte nicht mit ihr über mich sprechen.

Somit bestellte ich sie mir für die Zeit zwischen den beiden Kursen, so dass das eine begrenzte und vor allem schnelle Sache war.

Ich gab ihr zu verstehen, dass dies unser letzter gemeinsamer Termin sei, denn alles sei gut und sie könne sich nun stets an ihren Kinderarzt wenden.

Ich musste mich quasi wirklich von ihr trennen. So ging es irgendwie einfach nicht ...

Auch in diesem Kurs saßen Frauen, die sich auch die Frage stellten, was wohl mit mir losgewesen war, und solche, die Bescheid wussten. Die unausgesprochenen Fragen sprangen mir entgegen und ich war bemüht, meine Fassung zu bewahren.

Es hat auch hier geklappt, aber allein die Feststellung einer (wirklich sehr lieben) Kursteilnehmerin ließ mich in einer stillen Minute in Tränen ausbrechen. – „So richtig gut siehst du aber noch nicht aus", hatte sie gemeint.

Dennoch: aufstehen, Krone richten, weitergehen. Heißt es nicht so? Make-up überprüfen nach der kurzen Heulerei.

Auch nicht unwichtig.

Am nächsten Tag fand Henrys Beerdigung statt. Ich kaufte für Gerlinde und mich jeweils eine weiße Rose und zog mir einen schwarzen Nadelstreifenanzug an. Dieses Baby musste würdevoll verabschiedet werden.

Der Trauergottesdienst fand in der Kirche statt, die ich sonst nur von Kindergartengottesdiensten kenne. Da ist es sonst immer fröhlich, laut, voller Lachen, voller Leben.

Und an dem Tag war es sehr leise. So leise, dass es schon fast wieder laut war.

Der kleine weiße Sarg, der nur etwas größer als ein Schuhkarton war, stand dort vorne. Eingerahmt von Blumen, Lichtern und einer spürbaren Liebe. Dort drin lag Henry.

Der Sarg war nicht geöffnet, aber ich hatte Fotos von Henry gesehen und er hatte den Mund seiner Mutter.

Niemand traute sich in den Kirchenraum hinein, denn Henrys Eltern waren noch nicht da.

Katja, Henrys Mutter, wurde von ihrem Mann Jonas gehalten. Wie bei einer Geburt war sie dennoch für sich ziemlich allein, denn auch, wenn ihr Mann der Vater war, er konnte nicht ganz verstehen, was in einer Mutter ablief, was sie durchmachte, wie es in ihr aussah. Er konnte ihr von dem Schmerz nichts nehmen. Er konnte es einfach nur ertragen, nichts tun zu können und trotzdem da zu sein.

Neben Henrys Eltern waren die Schwester von Henrys Mutter und die Eltern von Henrys Vater da. Und ein paar Frauen, die singen wollten. Und Gerlinde und ich.

Jeder trat vor Henrys Sarg. Der war so weiß wie seine Lebensweste, die er für immer behalten würde. Henry würde immer unschuldig bleiben, er würde nie etwas tun können, wofür er sich entschuldigen müsste. Er würde immer das Baby bleiben, das von dieser Welt gehen musste, bevor er sie wirklich hatte sehen dürfen.

Jeder von uns dachte sich seins.

„Ach Henry, das habe ich mir anders vorgestellt mit uns beiden ...", überlegte ich.

Der Pastor war etwa 30 Jahre alt. Ich fand ihn viel zu jung für diese Situation und fühlte mich anfangs in keiner Art und Weise von ihm erreicht.

Wen tröstete es, dass gerade Ostern war und Jesus auferstehen durfte? Mich hätte das überhaupt gar nicht getröstet, eher im Gegenteil.

„Schön für Jesus! Aber aus diesem Sarg werden wir kein Babygeschrei hören. Kein Händchen wird nach seinen Eltern ausgestreckt werden können. Kein Füßchen wird strampeln", dachte ich.

Ich war ganz froh darüber, dass ich meine Fassung wahren konnte. Gerlinde, die mit einer erfrischenden pragmatischen Art durchs Leben geht und jeden bereichert, dem sie begegnet, half mir sehr, indem sie einfach neben mir saß.

Und dann berichtete der Pastor von dem Buch „Den Himmel gibt's echt", in dem es unter anderem darum geht, dass ein Junge im Himmel seiner Schwester begegnet, von der ihm seine Mutter nie etwas gesagt hatte. Sie hatte nämlich eine Fehlgeburt in früher Woche gehabt und das hatte ihr Sohn nicht gewusst.

Bei diesen Worten begann ich haltlos zu zittern und zu schluchzen und musste das ganz, ganz leise tun, denn hier ging es nicht um mich. Ganz bestimmt ging es hier NICHT um mich, sondern um Henry und vor allem um seine Mutter.

Gerlinde legte mir eine Hand auf meinen Arm und ich wusste, dass sie mich verstand.

Der Gottesdienst war beendet und Henry wurde in seinem Sarg hinausgetragen. Von nur einer Person. Und dann schluchzte und weinte Katja so laut, dass ich dachte, ich müsse auf der Stelle zu ihr gehen und sie fest in meine Arme nehmen.

Jonas stand hilflos neben ihr.

Ich glaube, ich hätte nicht stehenbleiben können. Ich wäre durchgedreht und hätte dem Bestatter den Sarg aus den Händen genommen. Das hätte ich nicht ertragen. Meine Güte, wie furchtbar war das bloß.

Henry wurde in seinem Sarg zum Friedhof gefahren und wir anderen gingen zu Fuß dorthin. Das war ganz schön, muss ich sagen. Zum einen war es zum Glück sehr sonnig und zum anderen konnte man auf dem Weg wieder etwas runterkommen.

Dann näherten wir uns der Grabstelle auf dem Bereich des Friedhofes, auf dem nur Babys begraben werden. So waren sie irgendwie nicht allein und trotzdem für sich ...

Das Auto mit Henrys Sarg stand direkt daneben und wir blieben stehen, als der Sarg zum letzten Mal getragen und vorsichtig in das ausgehobene, mit grünem Teppich ausgelegte Grab hinuntergelassen wurde. War es nicht kalt dort unten? Und so schrecklich still? Und so furchtbar endgültig?

Der Pastor las etwas aus der Bibel und zu den Worten „Erde zu Erde, Asche zu Asche und Staub zu Staub" ließ er schwarzen Sand auf Henrys Sarg fallen.

Schweren, schwarzen Sand.

Dieses dumpfe Geräusch empfand ich als unerträglich. Der Weg wurde für Henrys Eltern freigemacht, Katja schluchzte und weinte und schrie schon fast und machte ihrem Kummer Platz. Gerlinde und ich heulten leise vor uns hin.

Hand in Hand nahmen die Eltern die Schaufel und ließen drei Schaufeln Erde auf den Sarg ihres Sohnes, ihres Babys, ihrer einst glücklichen Hoffnung fallen. Sie zogen es wirklich durch. Die Schaufel beluden sie nicht so großzügig wie der Pastor und dennoch war das Geräusch schrecklich.

Gerlinde und ich traten an Henrys Grab und zeitgleich ließen wir unsere Rosen hineinfallen.

„Nicht den Sand ... Bitte ... Wir nehmen nicht den Sand ... Das geht einfach nicht ...", flüsterte ich heulend. Und auch Gerlinde dachte genau das Gleiche wie ich.

Ich drückte Henrys Eltern gefühlt ewig an meine Brust und wünschte mir für sie, dass sie ... dass sie das irgendwie überleben würden.

Diesen Tag. Den Tod ihres Babys.

Als ich abends einen Hausbesuch bei einer Familie mit gesundem Baby machte und ich dort gefragt wurde, wie es mir nun ginge, brach ich in Tränen aus. Und dann war es auf einmal gut.

Ich war unglaublich erschöpft und fühlte mich wirklich mehr als ausgelutscht. Aber es war dann in Ordnung.

Seit diesem Tag merke ich, dass die „akute Phase" vorbei ist. Ich glaube, ich habe jeden Schritt genommen, den man nehmen musste und auch noch ein paar Schritte mehr.

Ich habe nichts ausgelassen.

Jeder erste Hausbesuch nach meiner Fehlgeburt wird gut bewerkstelligt. Von mir besser als von den Frauen. Ich werde häufig betroffen angeschaut und dann aufrichtig besorgt gefragt, ob man mich fragen dürfe, warum ich so lange nicht da gewesen sei bzw. wie es mir nun ginge und ob man mir dazu Fragen stellen dürfe.

Ich fange zwar immer wieder von vorn an und erzähle meine Geschichte in aller Ausführlichkeit, allerdings nur bei den Frauen, bei denen mein Gefühl mir das empfiehlt (die anderen wissen, ich war länger krank und nun bin ich eben wieder da).

Und jedes Mal, wenn ich von meiner traurigen Erfahrung berichte, merke ich, dass ich wirklich gut darüber sprechen kann, dass ich akzeptieren kann, dass mir das passiert ist, und dass ich gleichzeitig froh bin, dass es mich nicht plattgemacht oder mich in den langfristigen Wahnsinn getrieben hat.

Keine Schwangere kramt in mir Neidgefühle hervor, kein Baby wird zu Tode betrübt angeschaut. Es gibt auch keinen Grund dafür. Ich freue mich aufrichtig für jede Familie, die Zuwachs bekommt, und ich frage mich keine Sekunde: „Warum Ihr? Warum hab ich meins verloren?"

Wirklich nicht. Ich kann überzeugt sagen: „Es geht mir gut. Sehr gut."

Ich wusste auch ganz am Anfang schon – allerdings auch nur vom Verstand, nicht vom Herzen –, dass ich eines Tages gestärkt aus dieser Zeit hervorgehen würde. Wie genau es sich anfühlen würde, war mir nicht klar.

Nun weiß ich es aber. Das Gefühl ist ein gutes. Das Gefühl sagt mir:

„Ich hab's geschafft. Es ist vorbei."

Es ist keine unendliche Geschichte. Wie furchtbar wäre das.

Ich hab's wirklich geschafft ...

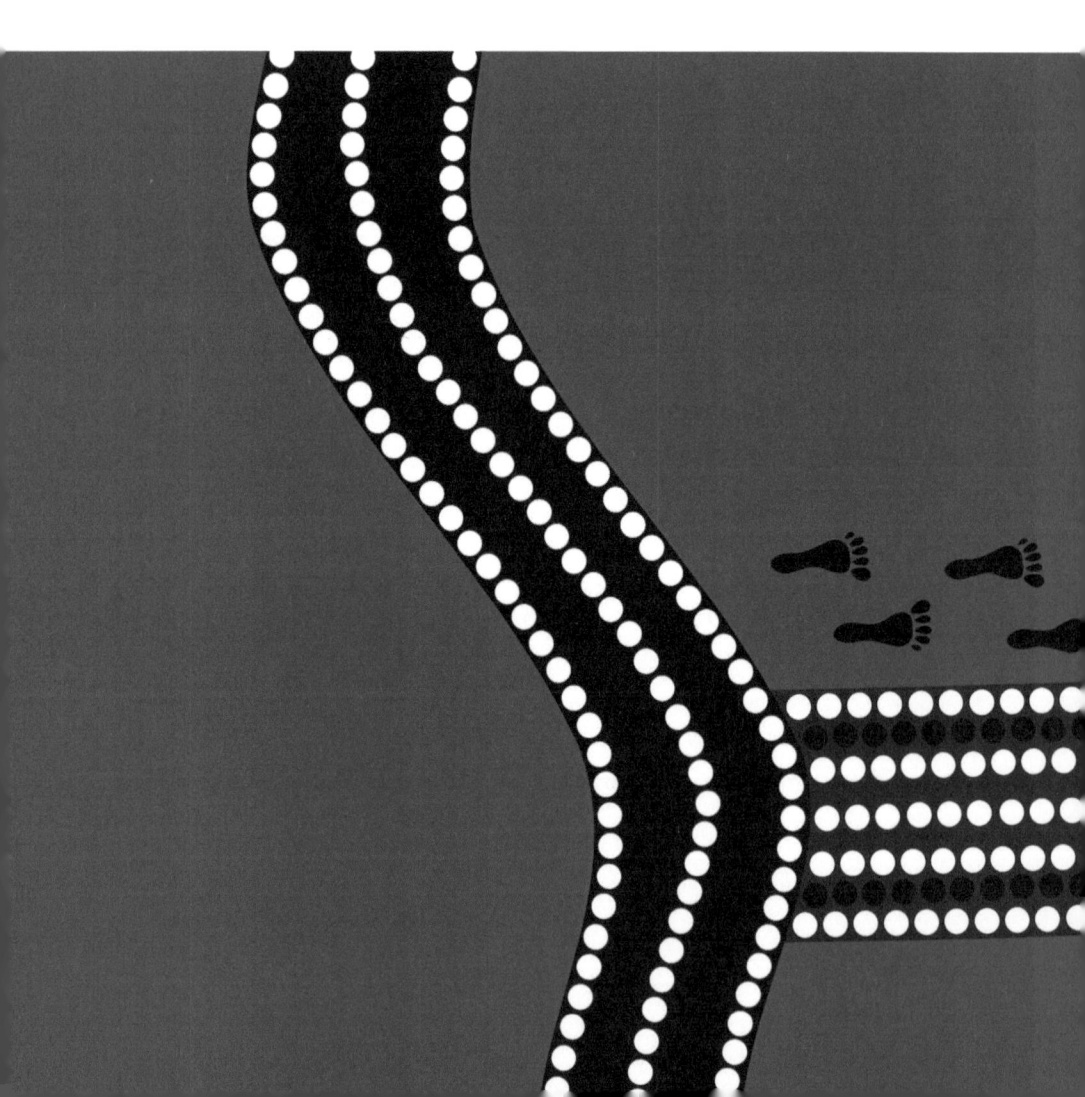

Der fachliche Hintergrund

Meine eigentlich sehr aufgeklärte Tante dachte, eine Eileiterschwangerschaft sei das Gleiche wie eine Scheinschwangerschaft.

Ich möchte hier gern erklären, was genau eine Eileiterschwangerschaft ist und vor allem, wie sie passieren kann.

Wenn eine Frau einen Eisprung hat, dann hat sie den auch im Wortsinn: Ein herangereifter Follikel springt tatsächlich aus dem Eierstock in den Eileiter hinein. Der Eileiter fängt das Ei mithilfe eines sogenannten Fimbrientrichters auf. Man muss es sich wie einen Trichter mit Greifarmen vorstellen.

Während des Geschlechtsverkehrs um diesen Zeitpunkt herum gelangen Spermien in die Scheide der Frau. Die Spermien finden ihren Weg durch Eigenbewegung und auch durch den „Schwung", den sie durch die Ejakulation erhalten haben, in die Gebärmutter und von dort in den Eileiter. In der Regel gelingt es nur einem einzigen Spermium, in die Eizelle zu gelangen, die sich noch immer im Eileiter in der Nähe des Eierstocks befindet. Also im sogenannten ampullären, weiten Teil der Tube.

Das ist der Startschuss für ein mögliches Leben.

Die befruchtete Eizelle teilt sich auf ihrem Weg in die Gebärmutter rasend schnell, so dass sie ca. am fünften Tag wie eine Maulbeere aussieht. Allerdings behält sie bis dahin noch die Größe eines Stecknadelkopfes, denn ganz durch den Eileiter hindurch hat sie es noch nicht geschafft. Der Weg wird nicht durch „hindurchwandern" beschritten, sondern dadurch, dass die befruchtete Eizelle mit dem Strom der Flimmerhärchen, die sich im Eileiter befinden, und mit dem darin befindlichen Flüssigkeitsstrom passiv fortbewegt wird.

Am siebenten oder achten Tag nistet die befruchtete Eizelle sich endlich in der Gebärmutter ein und ist nach Verlassen des Eileiters schon ein wenig größer geworden. Waren die Zellen der „Maulbeere" noch „omnipotent", d.h. aus jeder Zelle konnte bis zum Maulbeerstadium alles werden, entscheidet sich nun, welche Zellen den Mutterkuchen bilden und welche den Embryo. Dementsprechend ordnen sich die Zellen in der Fruchthöhle auch an.

Diese Fruchthöhle nistet sich in der Gebärmutterschleimhaut ein und da das werdende Leben mit Blut versorgt werden muss, wird, um es einfach auszudrücken, der mütterliche Blutkreislauf angezapft. Es kann dann zu einer leichten Schmierblutung kommen, die manchmal irrtümlich als Regelblutung „außer der Reihe" wahrgenommen wird.

Bei einer Eileiterschwangerschaft aber wird die Gebärmutter nicht erreicht. Diese (sehr kurze) Schwangerschaft findet, wie der Name es schon sagt, im Eileiter statt.

Der Transportweg der befruchteten Eizelle ist gestört, somit wächst sie noch vor Verlassen des Eileiters so sehr, dass sie sich in der Schleimhaut des Eileiters einnisten muss.

Zu lange, zu enge oder vernarbte Eileiter können unter anderem der Grund dafür sein. Oder auch eine funktionelle Störung im Flimmerepithel des Eileiters.

Vorangegangene Operationen am Eileiter oder versprengtes Gebärmutterschleimhautgewebe im Eileiter (Endometriose) können ebenfalls eine Eileiterschwangerschaft begünstigen.

Frauen, die bereits einmal unter einer Eileiterschwangerschaft gelitten haben, haben ein größeres Risiko, eine weitere Eileiterschwangerschaft zu erleiden, wobei ich sagen muss, dass mir persönlich noch keine Frau in Erinnerung geblieben ist, die mehr als eine Eileiterschwangerschaft verkraften musste.

Die befruchtete Eizelle aber bestätigt sich zunächst im Urin-Schwangerschaftstest und im Bluttest anhand des ß-HCG-Wertes.

Somit können auch Frauen mit einer Eileiterschwangerschaft unter den gleichen Schwangerschaftssymptomen leiden wie die Frauen mit einer intakten Schwangerschaft in der Gebärmutter: Brustziehen, Übelkeit, Erbrechen, Müdigkeit, Reizbarkeit …

Bei den meisten Frauen kommt allerdings etwa ab der sechsten, siebenten Schwangerschaftswoche ein häufig stark ausgeprägter Schmerz im unteren seitlichen Bauchraum hinzu, so dass ein Arzt immer auch eine Blinddarmentzündung in Betracht ziehen muss, wenn man sich nur die klinischen Symptome der Frau ansieht.

Der Ultraschall zeigt im Falle einer Eileiterschwangerschaft in der Gebärmutter eine hochaufgebaute Schleimhaut, die eigentlich nur darauf wartet, dass sich die befruchtete Eizelle dort endlich einnistet. Diese Eizelle ist dann jedoch im Eileiter zu finden, der sich im Ultraschall meist als verdickt darstellt.

Solch ein Ultraschallbefund, oder sogar auch ein Ultraschallbefund, auf dem nichts zu sehen ist, und der positive Schwangerschaftstest ergeben zunächst einmal den bloßen Verdacht auf eine Eileiterschwangerschaft. Ganz sichergehen kann man nur anhand einer Bauchspiegelung – einer sogenannten Laparoskopie.

Es kann manchmal direkt lebensnotwendig sein, diesem Verdacht nachzugehen, denn eine Eileiterschwangerschaft birgt die Gefahr einer Tubarruptur, eines Platzens des Eileiters. Das kann eine lebensbedrohliche Blutung in den Bauchraum hinein zur Folge haben.

Oft ist es aber möglich, auf ein spontanes Absterben der Eileiterschwangerschaft zu warten bzw. ein Absterben mit Medikamentengabe zu bewirken. Die Voraussetzungen sind engmaschige HCG- und Ultraschallkontrollen, Beschwerdefreiheit und ein festgestellter Abfall des HCGs im Blut.

Die Gewebereste der Eileiterschwangerschaft werden anschließend vom Körper der Mutter aufgenommen.

Meinen Beobachtungen nach setzt sich diese abwartende Haltung bisher noch nicht durch. Ich vermute, weil es insgesamt doch recht unberechenbar und aufwändig ist.

Ca. 1-2 Prozent aller Schwangerschaften sind Eileiterschwangerschaften. In 10 Prozent der Fälle kommt es zu einer Tubarruptur. Eine solche kündigt sich mit entsetzlichen Schmerzen an, die die betroffene Frau umgehend in die Klinik treiben. Das geschieht nie unbemerkt.

Eine Laparaskopie, die häufigste Behandlungsform bei einer Eileiterschwangerschaft, wird in der Regel in Vollnarkose durchgeführt und ist minimalinvasiv. Das finde ich persönlich sehr positiv, denn so bleibt keine so große Narbe zurück wie z. B. bei einem Kaiserschnitt. Die seelische Narbe reicht einem ja irgendwie schon.

Um die Harnblase nicht zu verletzen, wird zu Beginn der OP die Harnblase mittels eines Einmalkatheters entleert.

Um eine gute Sicht auf das Innere des Bauchraumes zu haben, wird der Bauch mit Kohlenstoffdioxid „aufgeblasen".

Durch einen etwa einen Zentimeter breiten Schnitt im Bauchnabel wird anschließend das sogenannte Laparoskop eingeführt, eine winzige beleuchtete Kamera. Deren Bilder werden simultan auf einen Monitor übertragen.

Im unteren Bauch wird durch einen ähnlich kleinen Schnitt das benötigte OP-Instrument gebracht, z. B. ein Skalpell.

Bei vielen Frauen kann der betroffene Eileiter erhalten bleiben, dabei wird er aufgeschnitten und dann wird die Schwangerschaft daraus entfernt.

Hierbei bleibt natürlich eine Operationsnarbe am Eileiter zurück, was das Risiko für eine weitere Eileiterschwangerschaft erhöht.

Alle blutenden Gefäße werden am Ende mit Strom koaguliert.

Bei entsprechend großer Blutung oder auch bei einer Tubarruptur wird der Eileiter aus Sicherheitsgründen entfernt, eine sogenannte Salpingektomie erfolgt.

Die entfernte Schwangerschaft wird in die Pathologie geschickt, damit auch dort noch einmal bestätigt werden kann: „Ja, es handelte sich hier um eine Schwangerschaft. Es muss nicht weiter gesucht werden, wo genau im Körper sich eine Schwangerschaft befindet." Manchmal ist das nämlich gar nicht so klar zu sehen.

Operative Eingriffe an Bauchorganen beinhalten das Risiko von Verklebungen, sogenannten Adhäsionen. Diese können sehr schmerzhaft sein und die Funktion der Organe beeinträchtigen.

Daher wird eine Adhäsionsprophylaxe vorgenommen und der Bauchraum wird mit isotonischer, auf Körpertemperatur gebrachter Kochsalzlösung gespült.

Die Flüssigkeit wird aber nicht vollständig vom Körper aufgenommen. Deshalb wird eine Wunddrainage gelegt, die die überschüssige Lösung und auch eventuell nachkommendes Blut ausleitet.

In den meisten Fällen folgt während der OP auch eine Ausschabung der Gebärmutter, vor allem dann, wenn man sich nicht so ganz wirklich sicher ist, ob die Schwangerschaft sich wirklich im Eileiter aufgehalten hat, oder ob es nicht vielleicht doch eine Fehlgeburt in der Gebärmutter in so früher Woche war, dass man die Fruchthöhle auf dem Ultraschall nicht erkennen konnte.

Vor der fünften Schwangerschaftswoche sieht man sonographisch nämlich wenig bis nichts. Und eine Eileiterschwangerschaft ist bis dahin auch meist nicht mit körperlichen Beschwerden behaftet und bleibt somit erstmal unerkannt.

Die Operation dauert vielleicht eine gute Dreiviertelstunde und ist ein Routineeingriff.

Die Frau hat nun aber gerade ihr Kind verloren – ganz egal, wie klein und schlecht erkennbar die Schwangerschaft war. Und wenn dazu noch ein Eileiter fehlt, kann es schnell passieren, dass sie sich sehr unvollständig und asymmetrisch fühlt.

Die meisten Frauen fragen sich nach einer Fehlgeburt gleich welcher Art: „Was habe ich falsch gemacht?" „Habe ich versagt, weil ich es nicht geschafft habe, diese Schwangerschaft zu halten?" Viele Selbstvorwürfe paaren sich mit der Angst, versagt zu haben. Das alles kommt zu der Traurigkeit, ein Kind verloren zu haben, dazu.

Viele Menschen wissen es gar nicht und die meisten Ärzte weisen nicht darauf hin: Auch Frauen nach Fehlgeburt haben in gleichem Umfang Anspruch auf Hebammenbetreuung wie Frauen nach der Geburt eines gesunden Kindes. Ich weiß, dass es sehr gut tun kann, diese in Anspruch zu nehmen.

Der körperliche Aspekt ist ein absehbarer. Nach ein paar Wochen fühlt man sich in der Regel wieder ziemlich fit, wobei sich noch häufig der Operationsschmerz des Eileiters meldet, wie ein Phantomschmerz schon fast.

Das alles ist meist viel besser auszuhalten als die Traurigkeit.

Jede Frau weiß, was ein Hormonchaos in ihr bewirken kann. Das prämenstruelle Syndrom ist häufig wirklich kein Spaziergang, und der Hormonabfall, der nach einer Fehlgeburt kommt, ist kaum zu beschreiben. Ähnlich wie der Babyblues nach der Geburt eines Neugeborenen, mit dem kleinen Unterschied, dass man da ein schönes Ergebnis nach neun Monaten in den Händen hält.

Aber Frauen nach einer Fehlgeburt sind mit sich und ihren Hormonen irgendwie sehr allein. Die Traurigkeit ist manchmal so unaushaltbar, dass das Gefühl aufkommt, dass man auf der Stelle tot umfallen müsste, weil es gar nicht mehr geht.

Die Intensität der Gefühle zu beschreiben, ist wirklich schwierig. Eine Freundin sagte mir einmal etwas sehr Passendes, nämlich: „Es ist so, als hätte dein Traumtyp mit dir Schluss gemacht. Von jetzt auf gleich und unangekündigt."

Ja. Ich muss sagen, das geht wirklich in die richtige Richtung.

Das Wochenbett einer Frau, die ein Neugeborenes in den Händen halten darf, dauert sechs bis acht Wochen.

Diese – wir sind jetzt großzügig – acht Wochen sind, wie ich an mir selbst und an Frauen, die ich nach Fehlgeburten betreue, eine magische Grenze.

Über das Wochenbett wird gesagt: „Das Wochenbett ist kennzeichnend für die Zeit, in der sich schwangerschafts- und geburtsbedingte Veränderungen des Körpers zurückbilden, in der sich die Beziehung zum Kind aufbaut und verfestigt."

Auch wenn die Schwangerschaft bis zur Fehlgeburt nicht lange gedauert hat, ist der Verlustschmerz so groß, dass die acht Wochen auf jeden Fall benötigt werden.

Ich habe an mir beobachtet, dass mein Körper nach der Operation dennoch auf dem Schwangerschaftstrip war. Mein Bauch war so aufgelockert, wie ich es in der zweiten Schwangerschaft erlebt hatte. Mein Körper war also definitiv trotz OP darauf programmiert, einem kleinen Leben einen Platz anzubieten. Das musste der nun erstmal verstehen, dass er nicht mehr benötigt wurde. Körper und Geist mussten sich damit abfinden, es begreifen, es irgendwie annehmen. Es verstehen, dass man ein kleines Leben in sich trug, dessen Mutter man nun trotz allem ist.

Als Frau muss man sich selbst erstmal irgendwie wieder annehmen können. Das ist nicht so leicht. Der Urinstinkt ist schon der (und da kann man verhüten, wie man möchte), sich fortzupflanzen. Koste es, was es wolle. Und deshalb ist es einfach so traurig, wenn es nicht geklappt hat.

Wir Frauen sind und waren einfach schon immer das dramatischere Geschlecht.

Männer (Natürlich nicht alle!) würden vielleicht so durch diese Situation marschieren: „Hm. Scheiße. Nicht so geklappt, wie ich mir das vorgestellt hatte. Doof. Wo ist mein Bier?" Und dann geht das Leben recht schnell weiter, denn Männer begreifen rascher: „Zu ändern ist es nicht mehr."

Sehr pragmatisch.

Wir sind allerdings keine Männer. Wir müssen uns in das Gefühl etwas eingraben und geben uns nicht eher zufrieden, bis wir verstanden haben, was da passiert ist. Und auch wenn uns die Frage schon eine Million Mal beantwortet wurde, werden wir nicht müde, uns zu fragen: „Und was ist, wenn es doch meine Schuld ist?" Wenn uns zwei Millionen Mal geantwortet wurde: „Nein, aus dem und dem und dem Grund nicht", dann kann es sein, dass wir es endlich verstanden haben. Aber bis dahin muss es völlig in Ordnung sein, noch im Sumpf der Traurigkeit steckenzubleiben.

Tut jemand unsere Situation ab, fühlen wir uns nicht ernst genommen. Es geht nicht darum, dass wir lediglich einen winzigen, kaum sichtbaren Kratzer im Lackschuh und zudem auch noch 100 andere Schuhe haben. Nein, wir haben ein Kind verloren. Und diese Dimension ist Unbetroffenen häufig einfach nicht klar.

Ein „Ach komm, freu dich, hast doch zwei gesunde Kinder!" macht das Geschehene auch nicht weniger traurig. Ich habe niemals vergessen, dass ich zwei tolle Kinder habe, wirklich nicht. Diese Tatsache schmälert dennoch die Traurigkeit über das verlorene Kind nicht, sie bewahrt mich einzig und allein vor der Frage: „Und ihr? Wann kriegt ihr endlich mal eins?" Das ist aber auch das Einzige.

Natürlich bekam ich auch zu hören, dass „Frau Soundso schon fünf Fehlgeburten und kein Kind" hatte und dass „das Kind von Frau Diesunddas direkt nach der Geburt verstorben" sei, das sei „ja schon ein richtiges Kind und somit doch viel schlimmer" gewesen.

Objektiv betrachtet mag es von Außenstehenden auch so empfunden werden. Fertiges Kind vs. Zellanhäufung. Fünf Verluste gegen einen. Dennoch: Das, was man selbst gerade durchmacht, reicht einem. Das vergleicht man nicht mit etwas anderem. Das, und nur das ist gerade das Thema, worum sich das Leben dreht.

Sich Zeit für sich selbst nehmen, das zu tun, wonach einem gerade ist – und sei es, zwei Stunden eine Wand anzustarren –, sich selbst zu bemitleiden, sich einzuigeln, eine Woche tagsüber nur den Schlafanzug zu tragen. Das hilft sehr.

Jemanden an seiner Seite, in der Familie oder im Freundeskreis zu haben, mit dem man offen sprechen kann bzw. der es auch akzeptiert, wenn einem nicht nach Sprechen, sondern nur nach gemeinsamem Schweigen ist, das hilft ebenfalls sehr.

Der Schritt zu einer Beratungsstelle oder zu einem Psychotherapeuten/einer Psychotherapeutin ist ein großer, da er häufig damit zu tun hat, seinen Stolz zu überwinden. Und auch da muss ich sagen: Es hilft.

Wenn der Partner nicht genau weiß, was er sagen soll, ist weniger mehr. Es bringt nichts, diese Situation mit einem „Ach komm, war doch erst soundsovielte Woche, eigentlich war's doch noch nicht mal ein richtiger Mensch!" abzutun. Auf gar keinen Fall. Das macht es viel schlimmer.

Ein In-den-Arm-Nehmen, gern auch wortlos, hilft ungemein. Der Partner darf sich gern auf die Zunge beißen, wenn er denkt: „Meine Güte, seit zwei Wochen heult sie rum und lässt sich gehen und macht nichts mehr im Haushalt, irgendwann muss doch mal gut sein." Selbst den Gedanken daran sollte er sich verwehren.

Ein Partner, der nicht genau weiß, wie er mit seiner Partnerin umgehen soll, dem die richtigen Worte fehlen oder der merkt, dass es ihm selbst schlecht geht, der darf sich natürlich auch an Hilfsangebote wenden. Niemand wird sagen: „Was'n mit DEM los!? Der kommt mit einer Fehlgeburt, die noch nicht mal er, sondern seine Frau hatte, nicht klar?" Niemand. Es ist ein Zeichen von großer Stärke, sich Hilfe zu holen. Denn auch der Partner ist Vater eines kleinen, verloren gegangenen Lebens.

Es ist in vielen Krankenhäusern so, dass Zeremonien für die sogenannten Sternenkinder abgehalten werden. Jedes fehlgeborene Kind, egal aus welcher Schwangerschaftswoche, auch die Kinder aus Schwangerschaftsabbrüchen werden einmal im Quartal in einer großen Urne gemeinsam auf einem Friedhof begraben mit vorangehender Ansprache.

Das klingt für viele befremdlich, aber es ist eine Möglichkeit, noch mal in einem geschützten Rahmen trauern und Abschied nehmen zu dürfen. Und vielen Männern wird dann wirklich klar, was das alles auch für sie zu bedeuten hat. Es ist häufig wie eine Tür, die vor ihnen auf einmal aufgeht, die sie vorher noch nie gesehen hatten, und nun können sie hindurchgehen.

Die Krankenhäuser geben den verwaisten Paaren in der Regel Informationsmaterial dazu mit. Die Paare werden auch häufig schriftlich ein paar Tage später zu der Zeremonie eingeladen. Wenn das nicht geschieht, dann kann man sich im Internet oder vielleicht bei einer örtlichen Selbsthilfegruppe über den nächsten Termin erkundigen.

Als Paar auf Augenhöhe zu sein, sollte wirklich immer irgendwie angestrebt werden. Das ist gar nicht so leicht, weil jeder unterschiedlich traurig ist. Sie vielleicht länger als er, er vielleicht intensiver als sie, und so weiter. Aber eine gemeinsame Augenhöhe zumindest anzustreben, ist wichtig.

So eine Situation gibt auch Anlass zur Selbstreflexion.

Meine Freundin erzählte mir, als sie noch frisch schwanger war, heulenderweise, dass ihr Freund allen Ernstes zu ihr sagte: „Also weißt du, du jetzt mit deinem Hormonchaos. Was bist'n so gereizt immer? So hab ich mir das nicht vorgestellt mit dir und einer Schwangerschaft. Dann lass es lieber wieder wegmachen." Zwei Wochen später erlitt sie eine Fehlgeburt. Und dieser Satz schwebt seitdem zwischen den beiden wie eine böse Verheißung.

Man hält als verwaistes Paar zusammen. Unbedingt. Ich kann es jedem nur raten.

Der Freund meiner Freundin hingegen setzte noch einen drauf, indem er eine Woche nach der Fehlgeburt sprach: „Der Ägyptenurlaub ist ja gebucht und bezahlt, da fahr ich jetzt auch hin. Das zieht mich nämlich ganz schön runter, dich hier so zu sehen. Das tut mir überhaupt nicht gut. Ich muss da jetzt auch mal an mich denken." Sprach's und fuhr und maulte sie am Telefon an, nachdem sie ihm sagte, dass sie ihn sehr vermisse und ihn wirklich sehr an ihrer Seite bräuchte: „Jetzt hör doch mal auf damit! Ich weiß auch gar nicht, was du willst! ICH halte hier die Fahne für uns hoch!"

Allerdings war sein Gesicht lang, als er zurückkam und keiner „ZUM GLÜCK IST DER MESSIAS WIEDER HIER!!! HURRA!!!" schrie. Er konnte es schlichtweg nicht verstehen.

Also das ist ein Fall, von dem ich sage: „Macht das Gegenteil und alles wird gut."

Auch wenn sich ein Paar in so einer Zeit auf einmal völlig neu erlebt mit vielen Tränen, mit wenig Schminke, mit viel Unordnung, mit wenig Worten, mit viel Gemaule, mit wenig Entscheidungen, mit viel Fernsehberieselung, quasi so, wie man sich niemals hätte erleben wollen, als man noch ganz frisch zusammen war, darf man nie vergessen, dass Achtung und Respekt vor dem anderen trotzdem sehr angebracht sind. Denn man hat eine schwere Zeit überlebt, in der viel Stärke nötig war.

Es wird eines Tages wieder gelingen, sich fest in die Augen und dann wieder gemeinsam in eine Richtung schauen zu können.

Aber es dauert, solange es eben dauert. Und niemand sollte sich anmaßen, irgendetwas irgendwie zu finden. „Also ICH war da ganz fix mit durch!" oder „Frau Soundso, die ist ja SOFORT wieder arbeiten gegangen!" oder „Ihr solltet am besten gleich weiterüben für ein Kind, noch ist der Körper drauf eingestellt."

Nein, nein und nochmals nein. Alles fehl am Platz. Lieber gar nichts sagen.

Und wenn man nicht weiß, was man sagen soll, aber unbedingt etwas sagen möchte, dann kommt es nie verkehrt an, wenn man ehrlich ist: „Ich weiß gar nicht, was ich sagen soll, weil ich das nicht nachempfinden kann. Aber es tut mir sehr leid, dass du das erleben musst."

Wie gesagt: Es dauert. Es gibt Aufs und Abs, die Abs werden immer etwas weniger zerreißend, auch wenn sie einen immer mal wieder umhauen können. Das ist nichts, weswegen man an seinem Verstand zweifeln muss. Es ist leider normal.

Der abgedroschene Spruch, die Zeit heile alle Wunden, stimmt nur bedingt. Die Zeit heilt nicht alle Wunden, sie lehrt uns aber, mit dem Unbegreiflichen zu leben.

Es bringt nichts, ruckzuck wieder den Sprung ins Leben zu wagen, nur um dann völlig überfordert noch unterm Nullpunkt zu landen.

Die Selbstbestimmung, die wir Frauen so sehr lieben und für die wir so gekämpft haben, die haben wir kurz aufgegeben in der traurigen Zeit, denn da waren wir auf einmal fremdbestimmt.

Aber es liegt in unserem Naturell, unsere Selbstbestimmung wieder in die Hand zu nehmen.

Wenn die Zeit dafür reif ist. Und das ist sie irgendwann immer.

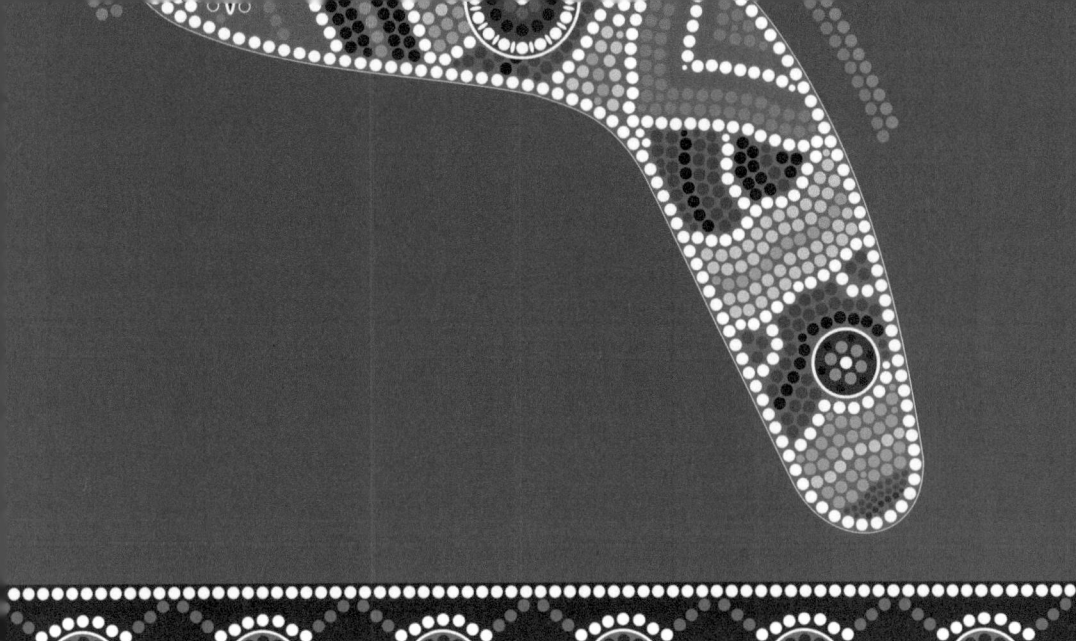

Danke

Ich danke meinem Ehemann, der in Zeiten wie diesen immer weiß, was zu tun ist. Ich liebe dich sehr!

Ich danke meinen Eltern, die, als sie mir das Leben schenkten, mir eine große Portion Gefühl mit auf den Weg gegeben haben, aber auch ein Maß an Vernunft, das mich davor bewahrt, den Kopf völlig zu verlieren. Egal zu welchem Anlass.

Großen Dank an alle, die mir ans Herz legten, meine Geschichte zu veröffentlichen. Ich hätte das sonst nicht getan.

Meiner Verlegerin Caroline Oblasser danke ich ebenfalls von ganzem Herzen für das Interesse und das Veröffentlichen meiner besonderen Lebensepisode.

Vielen herzlichen Dank an Lothar Lorenz, der es schafft, Gefühle in Worte zu fassen wie kein Zweiter.

Ich bedanke mich bei meinen Freundinnen und Freunden, bei meiner Familie und Schwiegerfamilie. Jeder hat auf seine Art und Weise Anteil genommen und große Hilfe geleistet. Ich danke Euch.

Heike Wolter

Mein Sternenkind

Begleitbuch für Eltern, Angehörige und Fachpersonen nach Fehlgeburt, stiller Geburt oder Neugeborenentod

Nach dem Verlust eines Kindes braucht es Zeit, um wieder zurückzukommen in ein Leben, in dem man sich selbst aufgehoben und versöhnt fühlt mit dem unfassbaren Schicksalsschlag. Um auf dem Weg der Trauer und der Neuorientierung vorangehen zu können, bedarf es vieler Dinge: zum Beispiel der Gewissheit, dass man nicht allein ist und dass es Möglichkeiten gibt, (sich selbst) Gutes zu tun.

Zentral sind die Erfahrungen anderer Menschen, die Ähnliches durchlebt, durchlitten und in ihr Leben integriert haben, denn sie können dabei helfen, wieder ins Gleichgewicht zurück zu finden. In diesem Begleitbuch kommen daher neben der Autorin auch Eltern zu Wort, die ein Kind oder mehrere Kinder verloren haben. Im Fokus stehen ihre ganz persönlichen Verlusterfahrungen, die Entwicklung der Trauer und das Heilwerden, das kein Vergessen meint, sondern ein dankbares Erinnern an die viel zu kurze gemeinsame Zeit mit dem Sternenkind.

Heike Wolter

Meine Folgeschwangerschaft

Begleitbuch für Schwangere, ihre Partner und Fachpersonen nach Fehlgeburt, stiller Geburt oder Neugeborenentod

Nach einer Fehlgeburt, stillen Geburt oder dem Tod eines Neugeborenen ist keine Schwangerschaft mehr so unbeschwert wie zuvor. Aus diesem Grund gibt es nun ein Begleitbuch für Eltern, die bereits ein Kind oder mehrere Kinder verloren haben. Im Fokus stehen die gemischten Gefühle und besonderen Herausforderungen der bewegenden Monate vor, während und nach einer Folgeschwangerschaft. Mütter und Väter, aber auch Fachpersonen erhalten so hilfreiche Unterstützung für den gemeinsamen Weg zurück in den Strom des Lebens.

„Ich habe mich wahnsinnig gefreut, als ich von der Schwangerschaft erfuhr. Nur die Angst spielte sofort mit. Ich kannte mittlerweile zu fast jeder Schwangerschaftswoche irgendeine Horrorgeschichte von anderen Frauen. Trotz allem aber überwog immer die Freude, und irgendwo ganz tief drinnen auch die Gewissheit, dass alles gut gehen würde." [Kathrin, 38 Jahre, 3 Kinder, davon 1 Sternenkind]

Heike Wolter Erinnerungsalben nach Verlust

Erinnerungen sind kleine Sterne · Erinnerungsalbum für verwaiste Geschwister
Egal wie klein und zerbrechlich · Erinnerungsalbum für ein fehlgeborenes Kind
Und wenn du dich getröstet hast · Erinnerungsalbum für ein still geborenes Kind
Manchmal verlässt uns ein Kind · Erinnerungsalbum für ein früh verstorbenes Kind
Mit Liebe berühren · Erinnerungsalbum nach einem Schwangerschaftsabbruch

edition
riedenburg

Anna-Maria Held

Die Hebammenschülerin

Geschafft! Als zweifache Mutter darf Anna-Maria wieder die Schulbank drücken. Doch die theoretische Ausbildung an der Hebammenschule ist nur die halbe Miete. Denn jetzt heißt es, im Kreißsaal werdenden Müttern Mut zu machen und sich gegen internes Gezicke durchzusetzen.

Hebamme zu werden ist Anna-Marias Herzenswunsch – wären da nicht die vorgeschriebenen Praktika im OP und andere Hürden ...

„Zum Dienstantritt guckte ich mir die Treppenstufen vor dem Gebäude, in dem sich der Kreißsaal befand, immer genau an. Manchmal verrieten sie mir nämlich, was der Tag für mich bereithielt. Hatte sich jemand vor der Tür erbrochen und war das Ganze noch frisch, wusste ich, dass eine Geburt anstand. Die Stufen heute sahen sauber aus. Neulich bot sich mir ein anderes Bild. Da musste man echt aufpassen, damit man trockenen Fußes in das Gebäude kam."

Mit ihrem Buch „Die Hebammenschülerin" gewährt Anna-Maria Held tiefe Einblicke in den Kreißsaal-Alltag und lässt auch andere an Presswehen, Stillbrüsten und Co teilhaben.

Bezug über den (Internet-) Buchhandel in Deutschland, Österreich und der Schweiz

www.editionriedenburg.at

Buchreihen

Ich weiß jetzt wie! Reihe für Kinder bis ins Schulalter
SOWAS! – Kinder- und Jugend-Spezialsachbuchreihe
Verschiedene Alben für verwaiste Eltern und Geschwister

Einzeltitel

Alleingeburt – Schwangerschaft und Geburt in Eigenregie
Alle meine Tage – Menstruationskalender
Alle meine Zähne – Zahnkalender für Kinder
Annikas andere Welt – Psychisch kranke Eltern
Ausgewickelt! So gelingt der Abschied von der Windel
Baby Lulu kann es schon! – Windelfreies Baby
Babymützen selbstgemacht! Ganz einfach ohne Nähen
Babyzauber – Schwangerschaft, Geburt und erste Babyzeit
Besonders wenn sie lacht – Lippen-Kiefer-Gaumenspalte
Brüt es aus! Die freie Schwangerschaft
Das doppelte Mäxchen – Zwillinge
Das große Storchenmalbuch mit Hebamme Maja
Das Wolfskind auf der Flucht – Zweiter Weltkrieg
Der Kaiserschnitt hat kein Gesicht – Fotobuch
Der Wuschelfloh, der fliegt aufs Klo! – Windelfrei
Die Hebammenschülerin – Ausbildungsjahre im Kreißsaal
Die Josefsgeschichte – Biblisches von Kindern für Kinder
Drei Nummern zu groß – Kleinwuchs
Egal wie klein und zerbrechlich – Erinnerungsalbum
Eileiterschwanger – Eine Hebamme erzählt
Ein Baby in unserer Mitte – Hausgeburt und Stillen
Finja kriegt das Fläschchen – Für Mamas, die nicht stillen
Frauenkastration – Fachwissen und Frauen-Erfahrungen
In einer Stadt vor unserer Zeit – Regensburg-Reiseführer
Jutta juckt's nicht mehr – Hilfe bei Neurodermitis
Konrad, der Konfliktlöser – Clever streiten und versöhnen

Lass es raus! Die freie Geburt
Leg dich nieder! Das freie Wochenbett
Lilly ist ein Sternenkind – Verwaiste Geschwister
Lorenz wehrt sich – Sexueller Missbrauch
Luxus Privatgeburt – Hausgeburten in Wort und Bild
Machen wie die Großen – Rund ums Klogehen
Mama und der Kaiserschnitt – Kaiserschnitt
Mamas Bauch wird kugelrund – Aufklärung für Kinder
Manchmal verlässt uns ein Kind – Erinnerungsalbum
Mein Sternenkind – Verwaiste Eltern
Meine Folgeschwangerschaft – Schwanger nach Verlust
Meine Wunschgeburt – Gebären nach Kaiserschnitt
Mit Liebe berühren – Erinnerungsalbum
Nasses Bett?– Nächtliches Einnässen
Nino und die Blumenwiese – Nächtliches Einnässen, Bilderbuch
Oma braucht uns – Pflegebedürftige Angehörige
Oma war die Beste! – Trauerfall in der Familie
Papa in den Wolken-Bergen – Verlust eines nahen Angehörigen
Pauline purzelt wieder – Übergewichtige Kinder
Regelschmerz ade! Die freie Menstruation
So klein, und doch so stark! – Extreme Frühgeburt
So leben wir mit Endometriose – Hilfe für betroffene Frauen
Soloschläfer – Erholsamer Mutter-Kind-Schlaf ohne Mann
Still die Badewanne voll! Das freie Säugen
Stille Brüste – Das Fotobuch für die Stillzeit und danach
Tragekinder – Das Kindertragen Kindern erklärt
Und der Klapperstorch kommt doch! – Kinderwunsch
Und wenn du dich getröstet hast – Erinnerungsalbum
Unser Baby kommt zu Hause! – Hausgeburt
Unser Klapperstorch kugelt rum! – Schwangerschaft
Unsere kleine Schwester Nina – Babys erstes Jahr
Volle Hose – Einkoten bei Kindern

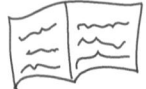

Bezug über den (Internet-) Buchhandel in Deutschland, Österreich und der Schweiz